Gustav von Berg

**Die Zoll-Novelle**

Gustav von Berg

**Die Zoll-Novelle**

ISBN/EAN: 9783743328501

Hergestellt in Europa, USA, Kanada, Australien, Japan

Cover: Foto ©Andreas Hilbeck / pixelio.de

Manufactured and distributed by brebook publishing software (www.brebook.com)

Gustav von Berg

**Die Zoll-Novelle**

# ZOLL-NOVELLE

## vom März 1885

und ihre Bedeutung für die Landwirthschaft Ungarns.

BERICHT

Oedenburger Landwirthschaftlichen

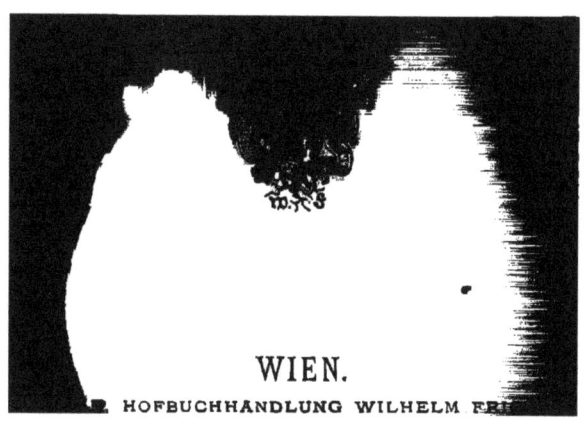

WIEN.

HOFBUCHHANDLUNG WILHELM

# Bericht

## an den Oedenburger Landwirthschaftlichen Verein

### über die Zollnovelle vom März 1885.

Nicht allein unser Vaterland, auch alle übrigen Länder, mit denen wir im lebhafteren Handels-Verkehre stehen, sehen auf dem Gebiete des Handels und der Industrie eine Umwälzung sich vollziehen, deren Ende gar nicht vorauszusehen ist. Die Ausdehnung der Cultur auf bisher nicht angebaute Ländereien, mehrere aufeinander folgende gute Ernten in Europa, Amerika und Indien, die unerwartete Vermehrung und Vergrösserung der namentlich mit der Landwirthschaft zusammenhängenden Industrie haben überall eine Ueberproduction an Rohproducten und Industrie-Artikeln zur Folge gehabt. Die ausgezeichneten Verkehrsmittel machen es den Producenten möglich, sich viel entferntere Absatzgebiete als bisher aufzusuchen und da die Nachfrage dem Angebot nicht mehr folgen konnte, so entstand auf den grossen Weltmärkten eine immer zunehmende Anhäufung von Waare, ein continuirliches Zurückgehen der Preise.

Der Landmann, der seine Erzeugnisse entweder gar nicht oder sehr oft nur unter den Erzeugungspreisen abgeben kann, ist zu Einschränkungen bei seinen Einkäufen genöthigt und alle Industrien erleiden dadurch eine empfindliche Verminderung ihres Absatzes. Da dieselben ebenfalls grosse Vorräthe angehäuft hatten, so wird eine Beschränkung des Betriebes und eine Entlassung von Arbeitern nothwendig, welche beschäftigungslos weniger landwirthschaftliche Producte als bisher consumiren. So ist das Ende dieser krankhaften Erscheinung einer Ueberproduction, welche in der That zu einem circulus vitiosus geworden ist, gar nicht abzusehen, wenn nicht ausgedehnte Missernten, grosse Kriege oder andere unerwartete Ereignisse eine Veränderung dieses unleidlichen Zustandes hervorrufen. Die Verkehrsmittel sind aber zu ausgebreitet, als dass Missernten in einzelnen Ländergebieten noch einen so grossen Einfluss auf die Getreidepreise wie in alten Zeiten ausüben könnten. Dreissigjährige Kriege werden auch nicht mehr geführt und so ist wohl keine Besserung zu erwarten, bis nicht Production und Consumtion, sei es durch eine Verminderung der ersteren oder eine Vermehrung der letzteren, wieder in Einklang gebracht werden, denn es handelt sich viel weniger darum, etwas höhere oder niedrigere Preise für unsere Erzeugnisse zu erhalten, als um die Möglichkeit, dieselben sicher und schnell verwerthen zu können.

In den Sechziger-Jahren war der leitende Gedanke in der Handelspolitik der meisten Culturstaaten: mit ihren Nachbarn und selbst mit den entfernteren Ländern durch Handelsverträge und Verminderung der Zölle in innigeren Verkehr zu treten und die eigenen Producte gegen die Erzeugnisse ihrer Handelsfreunde auszutauschen. Das letzte Jahrzehnt hat leider in dieser Beziehung einen totalen Umschwung hervorgerufen, welchem theils die finanzielle Sorge der meisten Staaten, theils der Wunsch, die heimische Industrie zu schützen und auch, wie Dr. Matlekovits in seiner Zollpolitik sehr richtig bemerkt, ein wenig die Mode zu Grunde lagen: „Ueberall weht heute das Banner des Schutzzolles, die Handelsfreiheit wird als verdammenswerth betrachtet." Die Staaten fürchten jetzt namentlich von den Naturproducten der überseeischen Länder so überschwemmt zu werden, dass die der eigenen Unterthanen keinen lohnenden Absatz mehr finden könnten und suchen dieselben durch Eingangszölle zu schützen. Besonders sehen sich Frankreich und Deutschland veranlasst, solche Zölle zum besonderen Schutze ihrer ackerbautreibenden Bevölkerung ungeachtet ihres bedeutenden Importes von Körnerfrüchten und Thieren einzuführen und Oesterreich-Ungarn ist im Begriffe diesem bösen Beispiele zu folgen.

Die beiderseitigen Regierungen haben den Vertretungskörpern eine Novelle zum Zolltarife vom 25. Mai 1882 zur Genehmigung vorgelegt, nach welcher zum Schutze der ungarischen Landwirthschaft auf Körner die gleichen Zölle wie in

Deutschland in Vorschlag gebracht werden. Um Oesterreich, welches diesen Zoll auf Getreide mitzutragen hat, zu entschädigen, wird gleichzeitig die Erhöhung verschiedener Industriezölle beantragt.

In Würdigung des grossen Einflusses, welchen diese Zollnovelle auf unsere Landwirthschaft ausüben könnte, hat der Oedenburger Landwirthschaftliche Verein in seiner Sitzung vom 12. März ein Comité zur Prüfung dieses Gesetz-Vorschlages gewählt, in welchem der Unterzeichnete es übernommen hat, das Resultat seiner Erhebungen den Vereinsmitgliedern und Fachgenossen durch nachstehenden Bericht zur Kenntniss zu bringen.

## Die Kornzölle.

Zur Orientirung unserer Leser dürfte es denselben erwünscht sein, durch das folgende Tableau die bestehenden oder beantragten Zölle auf landwirthschaftliche Producte und Vieh bei uns, in unseren Nachbarstaaten, sowie in England und Amerika kennen zu lernen.

Rumänien, Russland und England kennen keine Zölle auf Körnerfrüchte und Mehl, in der Schweiz und in Italien sind dieselben so niedrig, dass sie den Verkehr mit anderen Ländern kaum beeinträchtigen können. Amerika mit dem ausgesprochenen Schutzzolle ist in dieser Frage für uns ohne Bedeutung, es sind daher nur die geplanten Kornzölle in Deutschland und Frankreich, welche, kürzlich beantragt oder bereits beschlossen, von einer einschneidenden Wichtigkeit für unseren Getreidehandel werden könnten.

Beruhigend ist, dass sowohl Deutschland als Frankreich nach dem Durchschnitte der Jahre 1877 bis 1881 einen bedeutenden Körnerimport haben, derselbe betrug:

|  | Nach Deutschland | | | Nach Frankreich |
|---|---|---|---|---|
|  | Jährlich in tausenden Metercentner | | | |
|  | 1879—1881 | 1882 | 1883 | 1879—1881 |
| Weizen ... | 2.245 | 6.064 | 5.746 | 14.097 |
| Korn .... | 8.668 | 6.461 | 7.594 | — |
| Gerste .... | 1.364 | 2.929 | 2.385 | 0.059 |
| Hafer .... | 1.860 | 2.490 | 2.182 | 3.126 |
| Mais .... | 2.425 | 0.944 | 1.768 | 2.149 |
| Summa ... | 16.562 | 18.888 | 19.675 | 19.431 |

# Landwirthschaftliche Zölle mehrerer Staaten.

| Classe | Gegenstand | Einheit | Oesterreich-Ungarn bestehend | Oesterreich-Ungarn beantragt | Deutschland | Frankreich | Italien | Schweiz | Rumänien | Russland | England | Amerika |
|---|---|---|---|---|---|---|---|---|---|---|---|---|
| | | | **Die neuen Zölle in Gold-Gulden** | | | | | | | | | |
| | | | **Die Kornzölle** | | | | | | | | | |
| Getreide | Weizen | 100 Kg. | 0·50 | 1·50 | 1·50 | 1·20 | — | 0·36 | 0·12 | — | — | 1·30 |
| | Korn | „ | 0·25 | 1·50 | 1·50 | 0·60 | — | 0·46 | 0·12 | — | — | 0·65 |
| | Gerste | „ | 0·25 | 1·50 | 0·50 | 0·60 | — | — | 0·40 | — | — | 0·65 |
| | Malz | „ | 0·60 | 1·20 | 1·20 | 0·50 | — | — | 0·50 | — | — | 2·60 |
| | Hafer | „ | 0·25 | 1·— | 1·— | 0·75 | — | — | 0·12 | — | — | — |
| | Mais | „ | 0·25 | 0·25 | 0·25 | 0·60 | — | 0·46 | 0·12 | — | — | 0·65 |
| | Raps | „ | 0·50 | 0·50 | 0·50 | — | — | — | 0·12 | — | — | — |
| | Mehl | „ | 1·50 | 3·75 | 3·75 | 2·40 | — | 1·10 | 0·50 | — | — | — |
| | | | **Zölle auf Vieh und Fleisch** | | | | | | | | | |
| Thiere | Pferde | Stück | 10·— | 10·— | 5·— | 12·— | — | 1·20 | 2·— | — | — | 20% |
| | Ochsen | „ | 10·— | 10·— | 10·— | 10·— | 6·— | 0·20 | 0·05 | — | — | } |
| | Schafe | „ | 0·50 | 0·50 | 0·50 | 1·20 | 0·08 | 0·04 | 1·— | — | 10·— | |
| | Schweine | „ | 3·— | 3·— | 1·25 | 2·40 | — | 0·20 | 0·05 | — | — | |
| | Fleisch | 100 Kg. | 6·— | 6·— | 6·— | 2·80 | — | 0·40 | 1·60 | — | — | 4·— |
| | | | **Landwirthschaftliche Industrie-Zölle** | | | | | | | | | |
| Diverse | Felle, Häute, Haare | 100 Kg. | 6—18 | 6—18 | 9—18 | 4—29 | 3·20 | 8—20 | 16·— | 50·— | — | 15—20% |
| | Leder | „ | 16·— | 16·— | 5·— | — | — | 0·40 | — | 3·— | — | 8·— |
| | Schweinefett | „ | 1·— | 1·— | 1·— | — | — | 0·40 | — | — | — | — |
| | Talg | „ | 2·— | 2·— | 2·— | 1·80 | 2·40 | 0·60 | 2·80 | 20·— | — | 5·— |
| | Rüböl | „ | 4·— | 4·— | 2·50 | — | — | 0·60 | 6·— | 6·— | — | — |
| | Seife | „ | 4·— | 4·— | 4·— | 7·60 | 6·— | 8·20 | 8·— | 6·— | — | — |
| | Kerzen, Stearin | „ | 11·— | 11·— | 15·— | 21·— | 26·50 | 2·80 | 8·— | 33·— | — | 12·— |
| | Raff. Zucker | „ | 20·— | 20·— | 20·— | 12·— | 4·80 | 10·— | verbot. | verbot. | 111·— | 95·— |
| | Spiritus | „ | 24·— | 24·— | 24·— | 3·10 | 4·80 | 8·— | 8·— | — | 9·— | 8·60 |
| | Bier | „ | 3·— | 3·— | 2·— | 0·80 | — | 1·20 | 6·— | 11·— | — | — |
| | Wein in Fässern | „ | 20·— | 20·— | 12·— | 1·80 | 2—31 | 1·40 | 5% | 25·50 | 11—22 | 22·— |
| | Roh-Tabak | „ | 42·— | 42·50 | 42·— | verbot. | verbot. | 10·— | verbot. | 154·— | 301·— | 400·— |
| | Cigarren, Cigaretten | „ | 115·2 | 115·2 | 135·— | 1440·— | 1200·— | 40·— | — | 960·— | 500·— | 1000·—+25% |

Bei dem hochcultivirten Zustande dieser Länder ist eine bedeutende Vermehrung der Production in Folge der beabsichtigten Kornzölle nicht mehr zu erwarten, die Consumtion muss dagegen durch die Zunahme der Bevölkerung, welche in Deutschland jährlich 1·2, in Frankreich 0·45 Procent beträgt, von Jahr zu Jahr steigen. So wird allerdings wohl die so wohlthätige und für alle Theile nutzbringende Ausgleichung der gegenseitigen Ueberschüsse und Abgänge an Bodenproducten zwischen jenen Ländern und uns durch die neuen Zölle recht erschwert werden, aber zahlen werden dieselben Deutschland und Frankreich selbst. Vorläufig erfährt in Deutschland auch nur der Weizenzoll eine Erhöhung von 1 fl. per 100 Kilogramm, da wir auf die Dauer des deutsch-spanischen Handels-Vertrages als Meistbegünstigte Korn zum alten Satze von 50 kr. per 100 Kilogramm einzuführen berechtigt sind.*

Höchst nachtheilig wird aber der ganz ungerechtfertigt hohe Mehlzoll von 3·75 fl. und 2·80 fl. auf unseren Export wirken. Da 120 Kilogramm Weizen zu einem Metercentner Mehl erforderlich sind, so hätte ein Mehlzoll von 1·80 fl. bis 2 fl. dem Kornzolle entsprochen, allein die angeführten hohen Zölle machen jeden Mehlexport nach Deutschland und Frankreich für uns unmöglich und gewähren den dortigen Müllern eine bedeutende Prämie.

Bei dem reichen Erntesegen der letzten Jahre und den gegenwärtigen niedrigen Getreidepreisen, bei dem zunehmenden Wohlstande in Deutschland und Frankreich werden die Bewohner dieser Länder die Kornzölle wohl ohne Murren zahlen, aber ein grösseres Missjahr, eine wesentliche Steigerung der Getreidepreise muss diesen Schutzzoll, der sich gegen alle national-ökonomischen Grundsätze versündigt, sofort über den Haufen werfen.

### Die Viehzölle.

Wie das vorstehende Tableau zeigt, hat Russland und England keine Zölle auf Vieh, in der Schweiz sind dieselben höchst unbedeutend, die übrigen Länder haben, mit Ausnahme Frankreichs, ihre nicht sehr hohen Viehzölle beibehalten, letzteres beabsichtigt dagegen den Zoll auf Ochsen von 6 auf 12 fl.,

* Die Begünstigung ist durch Abänderung des deutsch-spanischen Handelsvertrages gefallen.

für Schafe von 0·80 auf 1·20 fl. und für Schweine von 1·20 auf 2·40 fl. zu erhöhen. Auch macht Deutschland in letzter Zeit Miene, seine Viehzölle zu verändern und beabsichtigt:

für Pferde statt 10 Mark nun 20 Mark
„ Ochsen „ 20 „ „ 30 „
„ Schweine „ 2·50 „ „ 6 „

Eingangszoll zu erheben.

Sehen wir, welche Viehgattungen nach Frankreich und Deutschland jährlich aus dem Auslande verkehren. Nach dem Durchschnitte der Jahre 1879 bis 1881 importirte: Frankreich jährlich 16.162 Stück Pferde, 141.195 Stück Rindvieh, 1,906.184 Stück Schafe, 170.368 Schweine; Deutschland jährlich 39.041 Stück Pferde und 875.810 Stück Schweine, exportirte dagegen 79.022 Stück Rindvieh und 1,089,501 Schafe.

Für uns ist augenblicklich die Erhöhung des französischen Zolles auf Schafe am empfindlichsten, denn nach dem Durchschnitte der Jahre 1879 bis 1883 hatte Oesterreich-Ungarn jährlich folgenden Import und Export von Vieh:

|  | Stück | | |
|---|---|---|---|
|  | Import | Export | + Export |
| Pferde | 8.144 | 34.027 | + 25.883 |
| Rindvieh | 42.158 | 72.288 | + 30.130 |
| Schafe | 184.173 | 534.633 | + 350.460 |
| Schweine | 328.567 | 263.718 | − 64.849 |
|  | 563.042 | 904.666 | + 406.473 |

Wir haben 1883 sogar 857.257 Stück Schafe nach Frankreich exportirt, unter ihnen befanden sich aber 1365 Stück deutsche, 355.390 russische und 113.109 Stück rumänische und serbische Schafe. Ausserdem wird unser Viehexport noch durch die Durchfuhr von fremdem Vieh mehr als durch Viehzölle verkürzt. Wie bedeutend diese Durchfuhr durch Oesterreich-Ungarn in den letzten Jahren war, zeigen folgende Ziffern. Sie betrug in Stück:

|  | Deutschland | Russland | Rumänien, Serbien | Summa |
|---|---|---|---|---|
| 1879 | 7.254 | 284.718 | 34.245 | 326.217 |
| 1880 | 7.981 | 391.292 | 28.402 | 427.675 |
| 1881 | 3.884 | 233.678 | 93.146 | 330.708 |
| 1882 | 12.520 | 214.557 | 50.057 | 277.134 |
| 1883 | 11.438 | 31.909 | 48.406 | 91.753 |

und ist anzunehmen, dass die deutschen Thiere hauptsächlich aus Rindvieh, die russischen aus Schafen und die rumänischen aus Schweinen und Schafen bestanden. Auf welche Weise dieser Beeinträchtigung unserer Viehzucht und unseres Viehhandels am wirksamsten entgegengetreten werden kann, werden wir später erörtern.

### Die geplanten Kornzölle in Oesterreich-Ungarn.

Auch Oesterreich-Ungarn beabsichtigt also zum Schutze seiner Landwirthschaft eine Erhöhung der Kornzölle. Mit welcher Berechtigung werden uns die nachstehenden Ziffern zeigen. Das folgende Tableau liefert uns nach einem fünfjährigen Durchschnitte von 1879 bis 1883 ein Bild unserer Getreide-Production, -Einfuhr und -Ausfuhr.

| Frucht-Gattung | Production | | | Einfuhr | | | | Zur Verfügung in Metercentner | Export | | Eigener Verbrauch |
|---|---|---|---|---|---|---|---|---|---|---|---|
| | Oesterr. | Ungarn | Summa | Deutschl. | Rumänien | Andere Länder | Summa | | Summa | nach Deutschl. | |
| | in 1000 Metercentner | | | in 1000 Metercentner | | | | | 1000 Mtrcr. | | |
| Weizen | 10.841 | 23.893 | 34.734 | 195 | 1.257 | 958 | 2.410 | 37.144 | 3.009 | 2.866 | 34.135 |
| Korn, Halbfrucht | 17.147 | 10.860 | 28.007 | 258 | 162 | 360 | 780 | 28.787 | 603 | 599 | 28.184 |
| Gerste und Malz | 10.709 | 9.949 | 20.658 | 46 | 257 | 99 | 402 | 21.060 | 3.190 | 3.036 | 17.870 |
| Hafer | 14.637 | 8.457 | 23.094 | 49 | 98 | 111 | 259 | 23.352 | 852 | 735 | 22.500 |
| Mais | 4.596 | 24.887 | 29.483 | 37 | 1.508 | 680 | 2.225 | 31.708 | 765 | 511 | 30.943 |
| | 57.930 | 88.046 | 135.976 | 585 | 3.282 | 2.208 | 6.075 | 142.051 | 8.419 | 7.747 | 133.632 |
| Mehl | — | — | — | 245 | — | 174 | 419 | — | 1.726 | 861 | — |

Ausserdem fand noch folgender Durchfuhrhandel statt:

| 1883 durchgeführt von | Weizen | Korn | Mais | in Summa |
|---|---|---|---|---|
| | in 1000 Metercentner | | | |
| Deutschland | 436 | 216 | 13 | 665 |
| Russland | 354 | 165 | 98 | 617 |
| Rumänien / Serbien | 150 | 16 | 31 | 197 |
| Summe | 940 | 397 | 142 | 1479 |

Oesterreich-Ungarn ist eben die natürliche Durchzugsstrasse von Osten nach dem Westen, auf welcher sehr bedeutende

Mengen Getreide zumeist von Russland und Rumänien nach Deutschland und in die Schweiz wandern. Die russische Durchfuhr hat namentlich von 1875 durch billige Tarife auf den österreichischen Bahnen grosse Dimensionen angenommen und sich seither verachtzehnfacht. Die aus Deutschland kommenden Mengen gehen dagegen meistens dahin zurück und benützen nur günstigere Bahnrouten in Oesterreich.

Oesterreich-Ungarn war also in der Lage, jährlich 3·6 Millionen Metercentner Brotfrucht und 1·7 Millionen Metercentner Mehl zu exportiren, war jedoch genöthigt, hierzu jährlich 3·2 Millionen Metercentner Weizen zu importiren; hiervon aus Rumänien 50 Procent, den Rest aus anderen Staaten, namentlich aus Russland. Der grösste Theil unseres Getreide-Exportes ist zwar nach Deutschland gegangen, war aber zum Theile für die Schweiz bestimmt, wohin gegenwärtig nach Eröffnung der Arlbergbahn ohne Berührung von Deutschland expedirt werden kann. — Auch von unserem Mehle bezog Deutschland circa 50 Procent, während sich der Rest auf die Schweiz, Italien, Frankreich, Belgien und Grossbritannien vertheilte. Im Jahre 1883 hat Ungarn allein

| | | | |
|---|---|---|---|
| nach | Oesterreich | 1,917.000 | Metercentner |
| „ | Deutschland | 275.000 | „ |
| „ | Schweiz | 173.000 | „ |
| „ | Italien | 6.000 | „ |
| „ | Frankreich | 194.000 | „ |
| „ | Belgien, Holland | 134.000 | „ |
| „ | Grossbritannien | 711.000 | „ |
| „ | anderen Staaten | 130.000 | „ |
| | in Summa | 3,540.000 | Metercentner |

Mehl exportirt.

Nun beabsichtigen unsere beiderseitigen Regierungen den Zoll für Weizen und Korn wie Deutschland, mithin auf fl. 1·50 per 100 Kilogramm, zu erhöhen. Allein für Serbien soll wegen seiner geringen Einfuhr der bisherige Zoll von fl. 0·50 per 100 Kilogramm aufrecht erhalten werden und die Getreide-Einfuhr von Rumänien ist ohnedies nach dem Gesetzartikel XIX vom 24. Mai 1876 bis Mai 1886 zollfrei.

Was erwarten unsere Regierungen also von ihren Zöllen auf Brotfrucht? Wir gar nichts! Die durch dieselben erschwerte Einfuhr von Russland wird nur Rumänien begünstigen und unsere Weizenpreise werden wie bisher nicht von den neuen Zöllen, sondern von dem Weltmarkte dictirt werden. Aber auch angenommen, Rumänien müsste von Mai 1886 angefangen den Weizenzoll ebenfalls zahlen, so bezweifeln wir dennoch, dass uns irgend ein Vortheil von denselben erwachsen könnte. Unsere Getreidepreise hängen, abgesehen von unserer Ernte, auch wesentlich von einem flotten Betriebe und Exporte unserer Mühlenindustrie ab. Wird dieselbe aber einerseits durch einen Eingangszoll auf rumänisches Getreide, das sie gewöhnlich zum Mischen und zur Verwohlfeilung des ungarischen Productes benöthigt, andererseits durch den Zoll auf Mehl schwer getroffen, nun so wird dies der ungarische Landwirth am meisten zu bedauern haben. Denken wir ausserdem an den gesammten Verkehr und Handel auf unseren Bahnen, welcher durch diesen Import und Zwischenhandel belebt wird und seine wohlthätigen Wirkungen auch indirect auf unsere Landwirthschaft ausübt, berücksichtigen wir ferner, dass eine Erneuerung der Handelsverträge mit Rumänien und Serbien, welche 1883 von Ungarn allein für 18 Millionen Waaren bezogen haben, sehr wünschenswerth ist, so bleibt uns nur Eines unverständlich, wie die Regierung auf die Idee dieser Zölle kommen konnte.

Und sind denn unsere Getreidepreise überhaupt schon so tief gesunken, um der bedrohten Landwirthschaft durch widernatürliche Mittel aufhelfen zu müssen? Heute kosten 100 Kilogramm nach dem Berichte der Wiener Frucht- und Mehlbörse

| | | |
|---|---|---|
| Ungarischer Weizen . . . . . . fl. 8·50 | bis fl. | 10·10 |
| Walachischer „ . . . . . „ 7·50 | „ „ | 8·80 |
| Ungarischer Roggen . . . . . „ 8·— | „ „ | 8·75 |
| Walachischer „ . . . . „ 7·30 | „ „ | 7·60 |
| Gerste . . . . . . . . . . . „ 6·50 | „ „ | 10·50 |
| Mais . . . . . . . . . . . . „ 6·45 | „ „ | 6·60 |
| Hafer . . . . . . . . . . . „ 7·65 | „ „ | 8·30 |

bis auf die Weizenpreise, welche durch vier gute Ernten in Europa und Amerika um 3 fl. per 100 Kilogramm gefallen sind, bieten die übrigen Fruchtpreise keine besondere Veranlassung zur Klage unserer Landwirthe. Wir benöthigen weit mehr einen flotten und leichten Absatz als wesentlich höhere Preise für unsere Bodenproducte, damit sich nicht auch in Ungarn die Vorräthe zu stark anhäufen und auf die neue Ernte drücken. Der Zeitperiode 1879 bis 1883 gegenüber sind die Getreide im letzten Jahre wie 100:89, die fünf Metalle wie 100:87·1, Spiritus wie 100:87·5 und Rohzucker wie 100:74 gefallen, es hat eben eine allgemeine Entwerthung der meisten Producte platzgegriffen, von der unsere Bodenproducte vielleicht noch am wenigsten betroffen wurden.

Die geplante Zollerhöhung auf Gerste, Hafer und Mehl wird für uns ebenfalls ohne allen Einfluss bleiben, denn der Import an diesen Artikeln ist zu gering. Unsere verfügbaren drei Millionen Metercentner Gerste werden aber, wenn wir uns nur bemühen immer bessere Qualitäten zu erzeugen, stets einen gesicherten guten Absatz finden, denn Deutschland, Frankreich, die Schweiz und England haben einen jährlichen Import von $7^1/_2$ Millionen Metercentner dieser Fruchtgattung und wir erzeugen, was ja bei der Gerste die Hauptsache ist, schon jetzt bessere Qualitäten als die concurrirenden Staaten Amerika, Rumänien und Russland.

So lange es noch andere Mittel zur Unterstützung und Erhaltung unserer Landwirthschaft gibt, sind wir vorläufig ein entschiedener Gegner der beantragten Getreidezölle.

### Die Erhöhung der Industriezölle.

Zur leichteren Beurtheilung dieser Frage theilen wir in dem folgenden Tableau auch die Zölle einiger Industrieartikel mit, welche in dem Vorschlage der Regierung mit einer Erhöhung besonders bedacht sind, und wie sie in den schon früher erwähnten Staaten bestehen.

England und die kleine Schweiz sind die Länder der Zollfreiheit, bei der sie sich sehr wohl befinden, denn in dem ersteren bestehen beinahe gar keine Zölle, in der letzteren sind dieselben ganz unbedeutend.

Amerika und Russland haben dagegen auf alle Artikel weit höhere Zölle als die übrigen Staaten und oft recht übertriebene gelegt. Es ist denselben dadurch gelungen ihre Industrie

## Industrie-Zölle mehrerer Staaten.

| Classe | Gegenstand | Einheit | Oesterreich-Ungarn bestehend | Oesterreich-Ungarn beantragt | Deutschl. | Frankreich | Italien | Schweiz | Rumänien | Russland | England | Amerika |
|---|---|---|---|---|---|---|---|---|---|---|---|---|
| | | | | | | in Goldgulden | | | | | | |
| Colonialwaare | Kaffee | 100 Kg. | 40·— | 40·— | 20·— | 62·5 | 40·— | 1·20 | 8·— | 25·— | — | 20% |
| Holz | roh | " | — | — | 0·15—0·20 | — | — | — | — | — | — | — |
| | gesägt | " | — | — | 0·15—1·— | — | 0·80 | — | — | 0·60 | — | 1·30 |
| Eisen | Roheisen | " | 1·60 | 1·60 | 0·50 | 0·80 | 1·60 | 0·80 | — | 4·— | — | 4·— |
| | Stabeisen | " | 2·75 | 2·75 | 1·25 | 2·40 | 1·80—3·20 | — | 0·70 | 5·— | — | 3·90 |
| | Schienen | " | 2·75 | 2·75 | 1·50 | 2·40 | 1·20 | — | — | 5·50—11 | — | 5·30 |
| | Bleche, Platten | " | 4—5 | 4—5 | 1·50 | 2·40—4 | 1·80—3·20 | 1·20 | 0·80—3·6 | 130—220 | — | 30% |
| | Feine engl. Stahlwaare | " | 10—50 | 10—50 | 1·50—12 | bis 240 | 4—10 | bis 12·— | 20—40 | 9—14 | — | 30% |
| Maschinen | Maschinen | " | 6—8 | 6—8 | 1·50—4 | 2·40—4 | 3·20 | 1·20 | 2·— | — | — | 45% |
| Mineralöl | roh | " | 2·— | 2·— | 3·— | 7·20 | 10·80 | 0·40 | 12·— | 6·— | — | ? |
| | raffinirt | " | 10·— | 10·— | 3·— | 10·— | 13·20 | 0·40 | 6·— | — | — | ? |
| Baumwolle, Garne und Waare | Baumwolle | " | — | — | — | — | — | — | — | 12·— | — | — |
| | Garn Nr. 12—50 | " | 6—16 | 8—18 | 6—12 | 7·40 | 7·20 | 1·60 | 8·40 | 36 bis 60 | — | 20—50% |
| | gefärbt | " | 4—24 | 10—35 | 12—24 | bis | bis | 2·90 | bis | | | |
| | Detailzwirn | " | 30·— | 60·— | 35·— | 150 | 51 | 2·30 | 18·60 | | | |
| | Waare | " | 32—60 | 34—70 | 40—115 | 25—268 | 23—40 | 1·60 | 8·— | 124—480 | — | |
| | gefärbt, gedruckt | " | 40—80 | 45—120 | — | 36—280 | 27—66 | 6·40 | 10·— | 220—520 | — | |
| Flachs, Hanf und Jute | Flachs, Hanf, Jute | " | — | — | — | — | — | — | 0·50 | — | — | 8·— |
| | Garne | " | 1·50—12 | 1·50—12 | 2·50—10 | 2·40—80 | 4—11·20 | — | 7% | 44·— | — | 35% |
| | Leinenzwirn | " | 30·— | 35·— | 18·— | 104·— | 4·80—36 | — | 4·20 | 44·— | — | 40% |
| | Waare | " | 12—80 | 12—80 | 3—60 | 11—288 | — | 6·40 | 98·— | 280·— | — | 30% |
| | Battiste, Spitzen | " | 120—200 | 120—250 | 30—300 | 320·— | 1200·— | 12·— | 4—8 | 600·— | — | 30% |
| Wolle | Wolle | " | — | — | — | — | — | — | 4—8 | 10·— | — | — |
| | Garne | " | 8·— | 8—12 | 4—5 | 12—10 | 20·— | 2·— | 28·— | 75·— | — | — |
| | gefärbte | " | 12·— | 12—19 | 6—12 | 70·— | 26—39 | 3·60 | 28·— | 90·— | — | 35—40% |
| | Webewaare, Wirkw. | " | 50—80 | 50—80 | 67—110 | 50—84 | 44—80 | 4·8—12 | 24—60 | 3·60 | — | |
| Seide | Cocons, roh | " | — | — | — | — | — | — | 14·— | 2·20 | — | — |
| | Floretseide | " | 22·— | 22·— | 18·— | 37—60 | 40·— | 6·40 | 256·— | 80—160 | — | 50% |
| | Seidewaare | " | 400·— | 500·— | 300·— | 99—248 | 200—240 | 6·40 | — | 2200·— | — | — |

in kurzer Zeit so zu heben, dass wenigstens Amerika an eine Verminderung seiner Einfuhrszölle denkt, während Russland dieselbe noch fortwährend erhöht. Wohin aber dieser zu hohe Schutzzoll führt, sehen wir in Amerika, wo derselbe den grössten Antheil an der grossen Stauung der Producte hat, welche gegenwärtig das wirthschaftliche Gleichgewicht stört. Seit 1882 sind 350.000 in den Fabriken angestellte Arbeiter entlassen. Die sechs Industrien, welche einen Schutzzoll von 30 bis 50 Procent des Werthes ihrer Producte geniessen, Eisenhütten, Maschinen-Werkstätten, Baumwollen-, Wollen-, Tabak- und Glasfabriken haben 180.000 Arbeiter entlassen und müssen Lohnermässigungen von 15 bis 20 Procent platzgreifen. Russland scheint denselben Weg wandern zu wollen und schon heute zeigen sich dort bei der Zuckerindustrie die Vorboten einer Krise. — Von den übrigen Staaten sucht Deutschland die niedrigsten Zölle aufrecht zu erhalten, namentlich für die Eisen- und Textil-Industrie. — Deutschland, dessen Eisenzölle nicht halb so hoch als die unserigen und bedeutend niedriger als die französischen sind, hat seine Eisenerzeugung seit 1870 von $1^1/_2$ auf 3 Millionen Tonnen erhöht, während Oesterreich-Ungarn mit seinen so günstigen Eisenerz-Verhältnissen nur 600.000 Tonnen erzeugt und die Production Frankreichs seit 1870 von 1 nur auf 2 Millionen Tonnen gestiegen ist. Aehnlich ist das Verhältniss bei der Textil-Industrie, während Deutschland 7·7 Millionen Spindeln und 360.000 Webstühle beschäftigt, hat Frankreich zwar 8 Millionen Spindeln, aber nur 260.000 Webstühle und Oesterreich-Ungarn nur 3 Millionen Spindeln und 140.000 Webstühle. Der Zoll allein schafft keine Industrie. Die bisherigen Zölle auf Garn und Gewebe waren in Oesterreich annähernd gleich wie in Deutschland, dennoch wurde dem letzteren eine bedeutende Einfuhr von Artikeln der Textil-Industrie, namentlich von Baumwoll- und Woll-Garnen, nach Oesterreich möglich, so dass die österreichische Regierung als Compensation für die Ungarn bewilligten Kornzölle eine Erhöhung gewisser Industrieartikel, namentlich für die feineren Garn-Nummern, für sämmtliche Baumwollstoffe, für Leinenzwirne, für feine Damaste und Spitzen und gestickte Leinenwaaren und für Wollgarne beantragt. Ausserdem sollen noch eine Menge Artikel des Zolltarifes mit einer Erhöhung bedacht werden, jedoch ist dieselbe nicht so wesentlich für Ungarn, um einer eingehenden Besprechung zu bedürfen. Wie man uns versicherte, betragen aber die Zollerhöhungen bei der Textil-Industrie zwei bis drei Procent des Werthes, da nun Ungarn von Oesterreich jährlich für circa 107 Millionen solcher Artikel bezieht, so würde uns diese Zollerhöhung in Ungarn mindestens jährlich zwei bis drei Millionen Gulden kosten.

Nachstehende Ziffern geben ein Bild der Ein- und Ausfuhr von österreichisch-ungarischen Textil-Industrieartikeln nach dem Durchschnitte von 1879 bis 1883. Ungarn ist hierbei leider nur wenig betheiligt, denn von den arbeitenden drei Millionen Spindeln beschäftigen wir 16.878 und unsere ganze Webe-Industrie besteht in wenigen unbedeutenden Tuchfabriken und in einer grossen Jutefabrik.

| Post-Nr. | Gegenstand der Textil-Industrie | Einheit | Einfuhr | Ausfuhr | Handelswerthe der grösseren Ein- und Ausfuhr in 1000 Gulden |
|---|---|---|---|---|---|
| 1 | Baumwolle . . . . . . . | Mtrctr. | 727.152 | 62.519 | — 35.245 |
| 2 | Baumwolle, Garne . . . | „ | 108.618 | 5694 | — 14.420 |
| 3 | Baumwolle, Waaren . . . | „ | 7.734 | 14.867 | + 3780 |
| 4 | Schafwolle . . . . . . . | „ | 190.730 | 91.091 | — 14.850 |
| 5 | Schafwolle, Garne . . . . | „ | 43.360 | 12.108 | — 9610 |
| 6 | Schafwolle, Waaren . . . | „ | 22.054 | 29.800 | + 4480 |
| 7 | Flachs, Hanf, Jute . . . . | „ | 152.992 | 70.224 | — 2788 |
| 8 | Leinen u. Jute, Gewebe, 2 J. | „ | 70.964 | 29.129 | — 32.800 |
| 9 | Seide, Cocons, Rohseide . | „ | 11.824 | 8593 | — 3960 |
| 10 | Seidengewebe . . . . . . | Gulden | 14,784.031 | 3,016.200 | — 11.000 |
|  |  |  |  | Total . . | — 104.273 |

Die Ausfuhr Oesterreich-Ungarns ist, wie man sieht, hauptsächlich in Baumwoll- und Schafwollwaaren bedeutend, während in allen übrigen Artikeln die Einfuhr unsere Ausfuhr wesentlich überschreitet. Eine Erhöhung der Zölle für diese Artikel ist aber dennoch nur gerechtfertigt, wenn die Lage der österreichischen Garnfabrication eine solche wäre, dass sie von der deutschen erdrückt werden könnte. Wenn doch die höheren Zölle in Ungarn wenigstens benützt würden, um auch bei uns

Fabriken zu errichten, dann hätten dieselben wenigstens eine gute Seite! Da mit der Erhöhung des Zolles auf Schafwollgarn nicht gleichzeitig eine solche für Schafwollwaaren beantragt wurde, so ist auch noch zu befürchten, dass die Schafwollweberei, welche doch einen grossen Theil ihres Wollbedarfes in Ungarn deckt, einen Rückschritt erleidet, in welchem Sinne sich auch die Generalversammlung der Schafwoll-Industriellen in Brünn geäussert hat.

Nur wenn bei den Zollerhöhungen mit der grössten Mässigung vorgegangen wird und dieselben ausschliesslich bei solchen Artikeln stattfinden, die in dem Zolltarif von 1882 falsch classificirt waren oder in denen eine Concurrenz mit dem Auslande sehr schwer zu bestehen ist, was zu beurtheilen wir nicht in der Lage sind, so möchten wir, ganz abgesehen von den ungerechtfertigten Getreidezöllen, gegen dieselben Nichts einwenden. Das Wiederaufblühen der Industrie, sei sie in Oesterreich oder Ungarn, wird auch auf unsere landwirthschaftlichen Verhältnisse immer eine günstige Rückwirkung haben müssen.

### Das geträumte westeuropäische Zollgebiet.

Es ist wiederholt der Vorschlag gemacht worden, die westlichen Staaten Europas, unter denen wohl Oesterreich-Ungarn, Deutschland, Italien, die Schweiz und Frankreich verstanden sind, zu einem gemeinschaftlichen Zollbund gegen die Waarenüberschwemmung von Amerika, Ostindien und Russland zu vereinigen. Die Idee ist ja ganz schön, aber namentlich für Ungarn unausführbar. Was wollen wir denn den deutschen und französischen Industrien als Ersatz dafür bieten, dass sie unser Korn und unser Fleisch theuerer als das der Amerikaner und Russen bezahlen sollen? Jedenfalls eine Verminderung unserer Eingangszölle auf ihre Industrieartikel. Wo bleibt da die Hoffnung auf eine einstige Entwicklung unserer vaterländischen Industrie? Ist dieselbe in irgend einem Staate, sei es in England, Amerika, Russland oder wo immer, ohne einen gewissen zeitweisen Schutz grossgezogen? Während des Bestandes eines solchen Zollvereines würden wir stets ein reiner Agriculturstaat bleiben und müssten auf jede Entwicklung ausser den Grenzen desselben verzichten. Das grosse Zollgebiet ist nichts als ein schöner Traum, ein luftiges Phantasieproduct, welches verschwinden wird, wenn man es näher betrachten will.

Wird es doch nicht einmal so leicht sein, unseren Zollbund mit Oesterreich zu erneuern und deshalb dürfte es nicht überflüssig sein, auch diesen etwas näher zu beleuchten.

### Unser Zollverband mit Oesterreich.

Welcher aufrichtige Patriot sollte nicht den hohen Werth der innigen Bande zu schätzen wissen, welche uns bisher mit Oesterreich vereinigten oder wer wird wünschen, das bestehende Handelsbündniss ohne die wichtigsten Gründe zu lösen! Dasselbe ist ja keineswegs eine rein finanzielle Einrichtung, da die wichtigsten gemeinschaftlichen Interessen durch eine Lösung oder Lockerung derselben direct oder indirect berührt werden, wie: Die mit fremden Staaten abgeschlossenen Verträge, die nach gleichen Grundsätzen verwalteten Eisenbahnen, das gemeinschaftliche Consulatwesen, die Salz- und Tabakgefälle, die Branntwein-, Bier- und Zucker..... Steuern, das Post- und Telegraphenwesen, das Ende 1887 erlöschende Bankprivilegium, die gemeinsame Landeswährung, die gemeinsame Armee etc. etc. Welche einschneidende Wirkungen auf unser ganzes wirthschaftliches Gebiet müsste daher eine Lösung unseres Handelsvertrages mit Oesterreich zur Folge haben!

Um aber unser bisher so ungetrübtes Verhältniss, wenn nur irgend möglich, aufrecht erhalten zu können, muss jeder Theil zu gegenseitigen Opfern entschlossen sein. Da jedoch beide Staaten getrennt verwaltete Finanzen haben, Industrie, Handel und Verkehr diese am meisten beeinflussen, so müssen letztere auch in jedem Lande mit Berücksichtigung ihrer eigenthümlichen Verhältnisse nach verschiedenen Grundsätzen geprüft und beurtheilt werden, bevor die vertragschliessenden Mächte die Bedingungen bezeichnen können, unter denen sie zur Erneuerung des gemeinschaftlichen Zollgebietes entschlossen sind.

Wir sind weit entfernt uns in dieser Frage ein massgebendes Urtheil zuzutrauen, allein wir glauben, dass jeder Stand, also auch die Landwirthe Ungarns, sich bemühen sollten, die Einflüsse und Folgen unserer bisherigen Zollvereinigung mit Oesterreich auf jeden Zweig unseres wirthschaftlichen Lebens kennen zu lernen und zu prüfen, um unsere Regierung bei den bevorstehenden Verhandlungen mit Oesterreich auf begründete Wünsche für die Zukunft aufmerksam machen zu können. — In diesem Geiste haben wir es übernommen, unseren Fachgenossen diejenigen Ziffern mitzutheilen, deren Kenntniss zur Beurtheilung dieser für Ungarn so wichtigen Frage wünschenswerth erscheint.

Unsere Verbindung mit Oesterreich beruht auf dem XX. Gesetzartikel vom 27. Juni 1878, als eine Fortsetzung des gekündigten Zoll- und Handelsbündnisses mit Oesterreich, welches durch den XVI. Gesetzartikel vom Jahre 1867 geregelt war. In Folge dieses Vertrages wurde durch den XXI. Gesetzartikel vom 27. Juni 1878 ein allgemeiner Zolltarif für das österreichisch-ungarische Zollgebiet aufgestellt, welcher aber schon im Jahre 1882 durch den XVI. Gesetzartikel vom 27. Mai verändert wurde, wodurch sich ein stärkeres Hervortreten der schutzzöllnerischen Richtung, Einführung von Agrarzöllen und Erhöhung der Finanzzölle bemerkbar machte. Unser Handelsbündniss endet mit Schluss 1887 und, wie man hört, beabsichtigen die beiderseitigen Regierungen schon in nächster Zeit zu Verhandlungen wegen Erneuerung jenes Vertrages zusammenzutreten. Wünschen daher die Landwirthe Ungarns Abänderung der bisherigen Verträge, so haben dieselben recht bald ihre Wünsche laut werden zu lassen.

Bei Gelegenheit der Zollverhandlungen mit Oesterreich im Jahre 1877 machte sich der Mangel guter statistischer Daten über den Handelsverkehr mit Oesterreich und den übrigen Ländern zu unserem Nachtheile sehr fühlbar, und wir haben es besonders dem schöpferischen Geiste unseres Unterstaats-Secretärs Dr. Matlekovits zu danken, wenn uns heute solche Daten zur Verfügung stehen, welche zu unserer Aufklärung und Belehrung vollkommen genügen. Das nachstehende Tableau lehrt uns unsere jährliche Ein- und Ausfuhr von Oesterreich im Detail und von den übrigen Staaten summarisch, und zwar nach dem Durchschnitte vom 1. Juli 1881 bis Ende Juni 1884 kennen.

Wenn wir den Waarenverkehr mit Oesterreich in's Auge fassen, so ergeben sich für die Ueberschüsse unseres Exportes oder Importes folgende Summen:

Unser Export überschritt den Import
in Tabak mit . . . . . . . 4·75 Millionen Gulden
„ Feldfrüchten mit . . . . 108·34 „ „
„ Thieren mit . . . . . . 52·70 „ „
„ Getränken und Esswaaren 7·62 „ „
„ Holz . . . . . . . . 2·73 „ „
176·14 Millionen Gulden

Unser Import war grösser als der Export
bei Colonialwaaren mit . . 8·15 Millionen Gulden
„ Zucker . . . . . . . . 7·80 „ „
„ Fetten, Oelen . . . . . 0·28 „ „
„ Arznei, Parfum, Farben etc. 5·27 „ „
„ Textil-Industrie . . . . 115·34 „ „
„ Papier und Papierwaare 3·76 „ „
„ Lederwaare . . . . . . 15·94 „ „
„ Glas . . . . . . . . . 2·02 „ „
„ Eisen . . . . . . . . 12·53 „ „
„ Maschinen . . . . . . 5·32 „ „
„ Kerzen und Seife . . . 1·79 „ „
„ diversen anderen Waaren 20·78 „ „
198·98 Millionen Gulden

Daher der Import grösser um 22 Millionen Gulden.

Diese Ziffern erfordern aber verschiedene Correctionen. Die mitgetheilte Tabelle kann unmöglich ein vollständiges Bild unseres Waarenverkehrs liefern, da der Grenzverkehr durch Transport zu Fuss und per Axe, welcher von Kroatien angefangen bis Trencsin namentlich in Vieh sehr bedeutend ist, nicht einbezogen werden konnte. Auch fehlt bis zum 14. Januar 1884 der Postverkehr, der doch, seitdem die Beförderung der Fünf-Kilogrammpackete in Gebrauch ist, einen grossen Theil des Gesammtwaarenverkehrs umfasst. Nach der Waaren-Statistik vom ersten halben Jahre 1884 betrugen die von der Post eingesendeten Waaren-Declarationen 61 Procent der gesammten Declarationen oder 1,276.264 Stück.

Unter den nach Oesterreich gelieferten Feldfrüchten und Thieren befinden sich jedenfalls auch solche, welche nur durch Vermittlung österreichischer Käufer in das Ausland wanderten; z. B.

## Unser jährlicher Waarenverkehr mit Oesterreich
### nach dem Durchschnitte vom 1. Juli 1881 bis Ende Juni 1884.

| Gruppe | Benennung der Waaren | Einfuhr Menge in Meterctr. | Einfuhr Anzahl in Stück | Einfuhr Werth in Millionen Gulden | Ausfuhr Menge in Meterctr. | Ausfuhr Anzahl in Stück | Ausfuhr Werth in Millionen Gulden |
|---|---|---|---|---|---|---|---|
| I | Colonialwaaren, Südfr. etc. | 142.004 | | 8·67 | 40.921 | | 0·52 |
| II | Zucker | 330.953 | | 13·60 | 152.843 | | 5·80 |
| III | Tabak u. Tabakfabricate | 7.553 | | 1·52 | 192.426 | | 6·27 |
| | Garten- u. Feldfrüchte, u. zw.: | | | | | | |
| | a) Raps | 955 | | | 180.452 | | |
| | b) Weizen, Halbfr., Korn | 10.956 | | | 4,735.605 | | |
| | c) Gerste und Malz | 7.133 | | | 1,411.018 | | |
| IV | d) Hafer | 4.909 | | 4·90 | 855.957 | | 113·24 |
| | e) Mais | 16.273 | | | 1,028.418 | | |
| | f) Mehl | 86.899 | | | 1,673.613 | | |
| | g) Diverse | 167.520 | | | 795.187 | | |
| | Thiere und Thierproducte: | | | | | | |
| | a) Pferde und Fohlen | | 457 | | — | 7.113 | |
| | b) Ochsen, Stiere u. Kühe | | 3.864 | | | 81.073 | |
| V | c) Schafe, Lämmer, Ziegen | | 5.767 | 5·34 | | 200.872 | 58·04 |
| | d) Schweine u. Ferkel | | 2.036 | | | 522.950 | |
| | e) Diverse | 49.230 | 22.821 | | 206.991 | 1,113.982 | |
| VI | Fette und Oele | 127.800 | | 4·56 | 91.361 | | 4·28 |
| | Getränke und Esswaaren | | | | | | |
| | a) Wein | 112.828 | | | 739.575 | | |
| VII | b) Bier | 105.050 | | 11·00 | 4.668 | | 18·62 |
| | c) Spiritus | 25.481 | | | 167.835 | | |
| | d) Diverse | 94.135 | | | 48.821 | | |
| VIII | Heiz-, Bau- u. Werkstoffe | 4,363.062 | 2.000 | 7·21 | 4,661.419 | 656.483 | 9·04 |
| IX | Arznei, Parfum, Farb- u. Gerbstoffe | | | | | | |
| | Gummi u. Harze, Kohle etc. | 409.384 | | 7·54 | 209.973 | | 2·27 |
| | Baumwolle | 17.313 | | | 648 | | |
| X | Baumwollgarne | 49.301 | | 73·44 | 7.049 | | 5·34 |
| | Baumwollwaaren u. Stoffe | 257.600 | | | 15.005 | | |
| | Flachs, Hanf, Jute etc. | 12.776 | | | 14.680 | | |
| XI | Garne daraus | 9.306 | | 18·10 | 727 | | 1·40 |
| | Waaren und Stoffe daraus | 115.162 | | | 7.650 | | |
| | Schafwolle | 2.171 | | | 90.148 | | |
| XII | Schafwollgarne | 1.729 | | 36·71 | 40 | | 19·59 |
| | Schafwollstoffe u. -Waaren | 68.647 | | | 5.480 | | |
| | Seide | 13 | | | 90 | | |
| XIII | Seidenfäden | 76 | | 5·63 | 3 | | 0·47 |
| | Seidenstoffe und Waaren | 2.094 | | | 154 | | |
| XIV | Kleidung, Wäsche u. Putzw. | 25.987 | | 12·91 | 10.283 | | 4·85 |
| XV | Papier und Papierwaaren | 121.995 | | 4·45 | 22.179 | | 0·60 |
| XVI | Leder und Lederwaaren | 70.754 | | 19·02 | 11.191 | | 3·08 |
| XVII | Glas und Glaswaaren | 100.366 | | 2·28 | 10.763 | | 0·26 |
| XVIII | Eisen und Eisenwaaren | 887.492 | | 17·00 | 415.669 | | 4·47 |
| XIX | Maschinen u. Masch.-Best. | 107.132 | 21.721 | 6·50 | 19.094 | 2.114 | 1·18 |
| XX | Kerzen und Seife | 38.787 | | 1·96 | 2.903 | | 0·17 |
| XXI | Diverse andere Waaren | 775.634 | 1.619 | 34·87 | 796.615 | 41 | 13·09 |
| | **Zusammen** | **9,726.759** | **60.335** | **297·21** | **18,627.454** | **2,584.631** | **274·37** |
| | **Unser Verkehr mit** | | | | | | |
| | Deutschland | | | 19·15 | | | 58·41 |
| | Schweiz | | | 0·38 | | | 8·95 |
| | Italien | | | 2·76 | | | 5·89 |
| | Frankreich | | | 0·55 | | | 14·59 |
| | Belgien und Holland | | | 0·53 | | | 3·52 |
| | Grossbritannien | | | 7·80 | | | 12·51 |
| | Russland | | | 0·39 | | | 1·12 |
| | Bosnien und Herzegowina | | | 0·92 | | | 2·91 |
| | Rumänien | | | 22·37 | | | 8·95 |
| | Serbien | | | 12·26 | | | 5·88 |
| | Balkan-Halbinsel | | | 1·18 | | | 3·25 |
| | Anderen Staaten | | | 5·88 | | | 3·32 |
| | **Zusammen** | — | — | **74·17** | — | — | **129·30** |
| | **Zusammen incl. Oesterreich** | — | — | **371·38** | — | — | **403·67** |

beziehen die Mühlen Oesterreichs grosse Weizenquantitäten, welche theilweise wieder als Mehl exportirt wurden, sowie die an Oesterreich abgegebenen 200.000 Stück Schafe, Lämmer etc. zuverlässig grösstentheils nach Paris gewandert sind. Ebenso ist zu berücksichtigen, dass die Colonialwaaren, welche hauptsächlich in Kaffe, Thee und Pfeffer bestehen, uns nur durch Vermittlung von Oesterreich aus dem Auslande geliefert wurden; dass ferner Oesterreich, um uns mit den Artikeln der Textil-Industrie zu versehen, wie wir uns schon früher überzeugt haben, bedeutende Einkäufe an Rohmaterial, Baumwolle, Wolle, Leinen, Seide und Halb-Fabricaten machen muss und der Zwischenverdienst hauptsächlich in der Arbeit liegt. Die vorliegenden Daten beweisen jedenfalls, dass unser Handelsverkehr mit Oesterreich 75 Procent des gesammten Waarenverkehrs einnimmt.

Es ist nach obigen Daten höchst unwahrscheinlich, dass sich unser Export an Feldfrüchten, Thieren und Getränken selbst im Falle einer Zollschranke zwischen Oesterreich und Ungarn vermindern würde; Oesterreich ist für diese Artikel doch hauptsächlich auf uns angewiesen. Sobald wir nur bemüht sind, recht gute Qualitäten zu liefern, so brauchen wir eine ernstliche Concurrenz nicht zu fürchten, kostet doch auch heute in Wien rumänischer Weizen einen Gulden weniger, als ungarischer. Auch besorgen wir nicht, dass Oesterreich neuerdings die Grenzsperre für Rindvieh gegen Russland aufheben oder dass es unseren Transitoverkehr zum Nachtheile seines Handels und seiner Eisenbahnen in irgend einer Weise beschränken könnte. Am meisten beruhigt uns aber, dass wir den ungestörten Verkehr mit Oesterreich in allen Artikeln der Landwirthschaft für die Zukunft ja nicht, wie wir später nachweisen werden, mit leeren Händen verlangen müssen. Unsere Aufnahme von österreichischen Tauschwerthen bildet unsere gewichtige und genügende Gegenleistung.

Wenn wir uns die Import-Artikel von Oesterreich ein wenig näher ansehen, so erscheint es uns vor Allem ungerechtfertigt, dass wir jährlich 7·8 Millionen für Zucker bezahlen sollen, den wir bei genügendem Schutze dieser Industrie sehr gut und zum Vortheile unserer Landwirthschaft, sowie des

Steuersäckels selbst produciren könnten. Unsere jährliche Zuckerproduction beträgt im Maximum circa 200.000 Metercentner, unsere Einfuhr 160.000 Metercentner, eine Trennung der jetzt gemeinschaftlichen Zuckererzeugung würde uns daher, abgesehen von dem möglichen Export über Fiume, Rumänien oder in die Balkanstaaten, sofort die Verdopplung unserer 14 Fabriken gestatten, 20.000 Joch dem Körnerbau entziehen und sowohl den Hackfruchtbau als die Futterproduction in gleichem Masse erhöhen.

Dass wir die Tapeten sowie die Formarbeiten aus Papier aus Oesterreich beziehen, ist erklärlich, demselben aber jährlich auch gegen vier Millionen für gewöhnliches Schreib- und Briefpapier und Pappendeckel bei unserem Reichthume an Wasserkräften und Holz, bei der Einfachheit der Papierfabrication zahlen zu müssen, ist doch wohl ein schweres Opfer, welches uns das Zollbündniss auferlegt.

Auch können wir nicht glauben, dass wir es nöthig haben, Oesterreich jährlich 16 Millionen mehr für Lederwaaren zu zahlen, als wir dahin exportiren. Es ist ja in Ordnung, dass wir in Wien, welches die Leder-Industrie mit so viel Geschmack und Kunstsinn betreibt, jährlich für Taschnerwaaren und feine Lederwaaren, Corduan- und Saffianleder sieben Millionen verausgaben, allein unsere Gerber und Riemer, welche schon heute, wie z. B. Wolffner und Andere, sehr bedeutend sind und auch sehr gute Waaren fabriciren, würden bei einem geringen Schutzzolle und bei dem leichten Bezuge von Häuten und Gerberlohe ihre Production recht gut so ausdehnen können, um uns Sohlen und Oberleder für unser Schuhwerk, für welches wir jährlich zehn Millionen an Oesterreich bezahlen, zu unserer Zufriedenheit liefern zu können. Die Ein- und Ausfuhr von Häuten deckt sich mit 2·2 Millionen, wir beziehen nämlich von Oesterreich hauptsächlich viel Rindshäute und liefern dagegen Schaf-, Ziegen-, Lamm- und Kitzfelle.

Wenn es wahr ist, was L. von Bernuth in seinem kürzlich erschienenen Schriftchen über die Montan-Industrie Oesterreichs sagt, so entwickelt sich unsere Eisen-Industrie, von unserer Regierung mit voller Kraft und Zielbewusstsein unterstützt, so rasch und kräftig, dass wir in kurzer Zeit viel mehr die überwältigende Concurrenz Deutschlands als Oesterreichs werden zu fürchten haben.

Obgleich wir ja in Reschitza, Anina, Diosgyör, Rima-Murány, Vajdahunyad etc. Eisenwerke besitzen, die sich einen europäischen Ruf erworben haben und obgleich die Eisenfirma Ganz & Comp., sowie Schlick's Maschinenanstalt weltbekannt sind, so wurden doch von Oesterreich nach Ungarn 1883

| | | | | | |
|---|---|---|---|---|---|
| 62.000 | Meterctr. | Stabeisen | für | 0·94 | Millionen Gulden |
| 161.000 | „ | Schienen | „ | 1·86 | „ „ |
| 61.000 | „ | Bleche | „ | 1·11 | „ „ |
| 65.000 | „ | Gusswaare | „ | 0·95 | „ „ |
| 88.000 | „ | Schmiedewaare | „ | 2·21 | „ „ |
| 9.000 | „ | Werkzeuge | „ | 1·00 | „ „ |
| 98.000 | „ | Nägel u. Schrauben | „ | 3·47 | „ „ |
| 544.000 | Meterctr. | diverse Eisen | für | 11·54 | Millionen Gulden |

mehr ein- als ausgeführt, während ein geringer Zoll genügen würde, unsere Eisenwerke so zu kräftigen, dass dieselben uns wenigstens den Bedarf an diesen gewöhnlichen Eisenwaaren selbst fabriciren und auch Rumänien und Serbien damit theilweise versorgen könnten.

Selbst bei einem bedeutenden Schutzzolle würde es immer eine sehr lange Zeit erfordern, bis Ungarn in die Lage käme, sich in den Artikeln der Textil-Industrie, von Farbstoffen, Glaswaaren, Stein-, Thon- und Porzellanwaaren, wissenschaftlichen und musikalischen Instrumenten, chemischen Stoffen, literarischen und Kunstgegenständen etc., für welche wir an Oesterreich jährlich 140 Millionen zahlen, vollkommen emancipiren zu können, es fehlt uns hierzu noch Mancherlei. Es fehlt uns vor Allem an genügenden flüssigen Capitalien, um auf einmal oder in kurzer Zeit grosse verschiedene Industriezweige im Lande etabliren zu können und ist es viel praktischer, unsere ganze Thatkraft noch für längere Zeit nur wenigen gewissen Industrien zuzuwenden, deren baldige Erstarkung zuversichtlich erwartet werden kann, als durch unnatürliche Schutzzölle unsere Kräfte zu zersplittern und wahrscheinlich doch nicht zum Ziele zu gelangen. Obgleich das schon 1868 von unserem unvergesslichen Eötvös geschaffene Schulgesetz bahnbrechend für die Umgestaltung unseres Unterrichtswesens gewirkt hat, obgleich seither eine grosse Anzahl Volks- und Mittelschulen, Hausindustrien, Handelsschulen, Gewerbe-, Kunstgewerbe- und technischer Schulen mit wirklich anerkennungswerther Energie geschaffen sind, so werden uns doch noch recht lange genügend tüchtige Beamte, Aufseher und Arbeiter fehlen, um in unserem Ackerbaustaate eine reichere und vielseitigere Thätigkeit anbahnen zu können. Auch deshalb ist Vorsicht und Enthaltsamkeit bei Schaffung neuer Industrien zu empfehlen.

Auch würde es nicht naturgemäss sein, Oesterreich für 160 Millionen Feldfrüchte und Vieh zu liefern, ohne andere Tauschwerthe dagegen übernehmen zu wollen; die genannten Industrien und namentlich die Textil-Industrie sind hierzu die entsprechendsten Tauschobjecte, welche wir von unserem besten Handelsfreunde gegen unsere Producte noch für eine lange Reihe von Jahren beziehen müssen. — Dessenungeachtet ist ja nicht ausgeschlossen und nur gerechtfertigt, wenn die Regierung, namentlich in Oberungarn, wo wir eine reiche Wasserkraft besitzen und unsere Bevölkerung wegen Arbeitsmangel auszuwandern sucht, auch die Errichtung von Fabriken der Textil-Industrie, namentlich von Tuchfabriken, welche unsere eigene grobe Wolle verarbeiten und den Bedarf der ländlichen Bevölkerung in Tuchwaaren zu decken suchen könnten, möglichst unterstützt.

Auch kann es nicht so schwierig sein, uns gewisse Artikel der Leinen-, Hanf- und Jutefabrication, z. B. Säcke, für welche wir allein jährlich vier Millionen an Oesterreich zahlen, selbst zu erzeugen und dadurch gleichzeitig den Bau von Hanf und Flachs als vortreffliche Hackfrüchte mehr als bisher zu unterstützen. — Unsere Budapester Landes-Ausstellung liefert den erfreulichen Beweis, dass Ungarn begonnen hat, sich — und oft mit Erfolg — auf den verschiedensten Gebieten der Industrie zu versuchen und zu entwickeln. Wir sollen nur auf diesen Wegen fortfahren und es werden nach und nach so manche Industrien zur schönsten Blüthe gelangen, die jetzt noch in der Wiege schlummern.

Unsere Handelsbeziehungen zu Oesterreich sind durch die vorliegenden Ziffern wohl vollständig aufgeklärt, wir werden auch in Zukunft noch lange ein ähnliches Tauschgeschäft wie bisher aufrechterhalten können, müssen aber dahin streben, gewisse Industrie-Artikel im eigenen Lande produciren zu können.

Auch unser Waarenverkehr mit dem Auslande war keineswegs ohne Bedeutung und zeigt eine Ausfuhr von 129 Millionen gegen eine Einfuhr von nur 74 Millionen. Besonders rege war derselbe mit Deutschland, welchem wir für 40 Millionen Feldproducte, Thiere und thierische Producte lieferten. Von Deutschland bezogen wir dagegen hauptsächlich Flachs, Hanf- und Jute-Artikel, sowie Eisenwaaren und Maschinen für 19 Millionen.

Sehr erfreulich ist der Waarenverkehr mit Rumänien und Serbien gewesen, welcher namentlich im Jahre 1883 bereits sehr bedeutend war, und den wir nicht genug pflegen können. Wir lieferten dahin in dem genannten Jahre für 11 Millionen Waare, namentlich Artikel der Textil-Industrie, Lederwaaren, Eisen und Maschinen, hauptsächlich aus Siebenbürgen und bezogen dagegen für 48 Millionen Getreide, Thiere und thierische Producte, meistens für den Verkehr in's Ausland. Unbedeutend ist der Handel mit Russland und dürfte es auch in Zukunft kaum möglich sein, denselben mehr zu pflegen.

Die vorstehenden Ziffern und Andeutungen werden hoffentlich dazu beitragen, unsere Fachgenossen auf die Wichtigkeit der bevorstehenden Erneuerung unseres Zollbündnisses mit Oesterreich aufmerksam zu machen. Es handelt sich eben darum, die Ansichten zu klären, das Richtige zu finden, dann aber auch dasselbe mit vereinten Kräften — und vergessen wir nicht, dass der dritte Theil der Bevölkerung Ungarns von der Landwirthschaft lebt — nach allen Seiten hin zu vertreten. Die Stimme von sechs Millionen Ungarn kann selbst ein Tisza nicht überhören und unbeachtet lassen.

Die Verhandlungen mit Oesterreich sollen in Kurzem beginnen, wir würden unserem Nachbar Folgendes sagen:

„Seit mehr als vier Jahrhunderten leben wir gemeinschaftlich unter dem milden Scepter ein und desselben Herrscherhauses. Wie oft floss das Blut Euerer und unserer Väter auf demselben Schlachtfelde zum Schutze Ungarns und Oesterreichs. Unsere Vergangenheit war fast dieselbe, auch die Zukunft soll uns stets als Brüder vereint in der Schlacht und auf dem Felde friedlicher Arbeit und des Fortschrittes finden. So viele gemeinsame Interessen machen es Euch und uns wünschenswerth, unser Handelsbündniss aufrecht zu erhalten und unsere Erzeugnisse auch fernerhin gegenseitig zu schützen und auszutauschen, so bleibe es auch in Zukunft.

Allein Ungarn kann, wenn es nicht seine Zukunft gefährden will, nicht immer ein reiner Agriculturstaat bleiben, wozu es gegenwärtig durch das Uebergewicht Euerer, seit lange gepflegten Industrie genöthigt ist. Wir werden zwar stets die besten Abnehmer der Mehrzahl Eurer Producte bleiben, aber Ungarn muss versuchen, wenigstens solche Industrien, die mit seiner Landwirthschaft eng verknüpft sind, oder durch seine Naturschätze einen festen Boden bei uns finden, selbst gross zu ziehen. Ohne einen gewissen, wenn auch mässigen zeitweisen Schutz solcher Industrien würde aber jede Bemühung vergeblich sein, die Erhebung eines selbstständigen Zolles auf die Producte derselben ist daher für uns eine Nothwendigkeit.

Wir wünschen die Aufrechterhaltung unseres Handelsbündnisses und jede mögliche Erleichterung in unserem Verkehre, aber die Errichtung einer Zwischenzoll-Linie für gewisse Industrie-Artikel, namentlich für Eisen, Maschinen aus Eisen, Papier, Leder, Zucker, Bier etc., können wir nicht mehr entbehren."

Kann Oesterreich einer solchen Forderung, wenn es billig denkt, entgegentreten? Wir glauben kaum. Sollte es aber zu unserem Bedauern der Fall sein, nun so wird Oesterreich eine vollständige Lösung unseres Handelsbündnisses jedenfalls schwerer als wir empfinden.

Die mögliche Einwendung, dass die Errichtung eines Zwischenzolles, der theils an der gemeinschaftlichen Zolllinie, theils an der Grenze zwischen Oesterreich und Ungarn erhoben werden müsste, zum Schutze weniger Industriezweige zu kostspielig oder für den allgemeinen Verkehr zu lästig sei, können wir nicht gelten lassen. Gegenwärtig haben wir in dem gemeinsamen Zollgebiete etwa die halbe Grenze unseres Vaterlandes zu bewachen und verausgaben hierfür 2·1 Millionen Gulden. Der Zwischenzoll wird uns nöthigen auch die andere Hälfte der Grenze gegen Oesterreich zu beaufsichtigen und vielleicht ebenfalls 2·1 Millionen kosten. Wenn die geschützten

Industrien daher ihre bisherige Production selbst nur um 21 Millionen vermehren können, so sind die Kosten schon durch einen Werthzoll von 10 Procent bezahlt. Unsere Handelsbilanz wird sich um 21 Millionen bessern, an die geschützten Industrien werden sich naturgemäss andere anlehnen und auch ohne Schutz erstarken, unser Capital wird sich kräftigen, unser Beamten- und Arbeiterpersonal zuverlässiger werden, kurz, wir können unser Ziel eines Industriestaates ohne grosse Umwälzungen und Erschütterungen im besten Frieden mit unserem Nachbar nach und nach erreichen. Allerdings der Verkehr an der Grenze wird etwas erschwert werden, den erhobenen Zwischenzoll wird hauptsächlich unsere Landwirthschaft zu zahlen haben, allein ganz ohne Opfer wird kein Staat grosse Erfolge erzielen können.

Gleichzeitig mit dieser von uns empfohlenen Massregel gibt es aber auch noch andere Wege zur Verbesserung unserer wirthschaftlichen Zustände und auf diese bitten wir uns nun zu folgen.

# Massregeln
zur Verbesserung unserer landwirthschaftlichen Verhältnisse.

### Geld und Credit.

Als erste Grundbedingung für die Verbesserung unsere landwirthschaftlichen Verhältnisse, für die Entwicklung unserer vaterländischen Industrie bezeichnen wir die baldige Herstellung der Valuta und die Einführung der Goldwährung. — Wie sollen wir uns unseres Besitzes erfreuen, wenn der Werth desselben durch jedes Wölkchen am politischen Horizonte den grössten Schwankungen ausgesetzt ist? Wie können wir erwarten, dass sich das grosse Capital mit Vorliebe Investitionen zuwendet, wenn das Erworbene täglichen Werthfluctuationen unterworfen ist und durch unsere Papiermisswirthschaft keinen sicheren Besitz repräsentirt? Wie kann unser Handelsstand es wagen, zum Nutzen der Landwirthschaft und Industrie weitgehende Conceptionen für seine Geschäfte zu machen und auszuführen, wenn alle Calcüle durch die Unsicherheit des Werthes unserer Geldzeichen auf Sand gebaut sind? Wahrlich, kein fremder Zoll wird unserem Handel und Wandel solche Wunden schlagen, als die unglückselige Verzögerung in der Regelung unseres Geldwesens. Wir kennen die Opfer, welche die Einziehung der Staatsnoten, die Bezahlung der Schuld an die Oesterreichisch-ungarische Bank und die Einführung der Goldwährung erfordern, allein dieselben stehen in keinem Verhältniss zu dem Werthe der Sicherheit unseres gesammten Staats- und Privatvermögens. Gewiss ist, dass mit der Kundmachung unseres ernsten Entschlusses, an die Herstellung der Valuta und Einführung der Goldwährung zu schreiten, unser Credit sich bedeutend heben, ja erst durch die Bethätigung dieses Entschlusses (so widerspruchsvoll dies scheinen mag) eine feste Grundlage gewinnen wird.

Nicht nur dem zur Durchführung des grossen Planes erforderlichen Anlehen, auch unseren vaterländischen Unternehmungen und Geschäften wird sich in- und ausländisches Capital vertrauensvoll zuwenden, und alle Adern unseres Verkehrslebens mit frischem Blute füllen!

Wir müssen, weil dies den Rahmen dieser Schrift überschreiten würde, uns versagen, auf diese Frage des Näheren einzugehen, und alle die ernsten Bedenken zu wägen und zu würdigen, welche gegen die Valuta-Regelung erhoben worden sind.

Nur Einen principiellen Gesichtspunkt in dieser Angelegenheit wollen wir fixiren: unsere Goldmünzen werden wir nicht nach der lateinischen Münzconvention vom 23. December 1865, sondern nach einem festen Werthverhältniss zu Gold und Silber ausprägen, ein Verhältniss, das auch den festen Massstab für die Einlösung unserer Verpflichtungen in Gold abgeben wird. Wir wollen hier nicht untersuchen, ob „die Zeit gekommen" ist, das grosse Werk zu beginnen, und können nur unter Hinweis auf Italien, das, ärmer als wir, siegreich und solvent aus der Umwandlung hervorgegangen ist, den Regierungen unseres Reiches die Warnung zurufen: Roma deliberante!

Obgleich seit einigen Jahren der Zinsfuss für Darlehen auf Grundbesitz wesentlich herabgegangen ist, so hört man doch immer den Ruf nach billigem Credit für die Landwirthschaft. Das Geld ist eine Handelswaare wie jede andere und richtet sich der Preis derselben nach der Nachfrage und dem Angebot, aber es unterliegt keinem Zweifel, dass die Herstellung der Valuta unserer Landwirthschaft billigeres Geld bringen würde, da die grossen Hypotheken-Banken für ihre Pfandbriefe mit niedrigerem Zinsfusse als bisher einen weit grösseren Markt finden und dadurch in die Möglichkeit versetzt werden, der Landwirthschaft so billiges Geld wie in anderen Staaten zur Verfügung zu stellen und sich mit einem kleineren Intervall zwischen Activ- nnd Passivzinsen, das ist zwischen den Darlehenszinsen und den Zinsen der Pfandbriefe zu begnügen. Das vortrefflich verwaltete Ungarische Bodencredit-Institut bietet ein Beispiel für die Entwicklung in dieser Richtung.

Für die Darlehen der Kleingrundbesitzer sind hauptsächlich unsere 352 Sparcassen mit einem Einlagecapital von 300 Millionen Gulden die Vermittler. Da dieselben aber als Actiengesellschaften den grösstmöglichsten Nutzen anstreben müssen, so entspricht der den Grundbesitzern bewilligte Zinsfuss nur in seltenen Fällen den allgemeinen Geldverhältnissen. In Oesterreich haben sämmtliche Sparcassen mehr den Charakter wohlthätiger Anstalten, die sich mit einem mässigen Gewinne begnügen und auch diesen zu Gemeinzwecken verwenden. Obgleich wir unseren Sparcassen ihre wohlerworbenen Rechte selbstverständlich nicht verkürzen wollen, so empfehlen wir in Zukunft doch, die Gründung von Sparcassen als Erwerbsgesellschaften hintanzuhalten und nur für solche Sparcassen Concessionen zu ertheilen, welche den Grundsätzen der österreichischen Sparcassen entsprechen. Wir empfehlen ferner die Umwandlung bestehender Sparcassen in solche gemeinnützliche Institute möglichst zu fördern, weil wir darin das beste Mittel zur Verwohlfeilung des Credites für unsere Kleingrundbesitzer erblicken. Eine grosse Anzahl dieser kleinen Provinz-Sparcassen erhält einen Geschäftsumfang, welcher ausser Verhältniss zu der Grösse des Grundcapitals steht und im Falle von Handelsverwicklungen die Gefahr einer ernsten Krise in sich birgt. Wenn die Verwaltung der Ersparnisse unseres Volkes humanitären Instituten anvertraut wird, dann muss sich auch das Anlagecapital, welches sich bisher mit Vorliebe den Sparcassa-Actien zuwandte, in industriellen Unternehmungen des Vaterlandes zu fructificiren streben und dieselben hierdurch unterstützen.

### Verbesserung unserer Verkehrswege.

Wenn auch unser Eisenbahnnetz nicht so dichte Maschen als das deutsche, englische und französische besitzt, so genügen dennoch die ausgebauten 10.000 Kilometer insoweit zur Bewältigung unseres jetzigen gewöhnlichen Verkehres, dass weitere Ansprüche an den Staatssäckel für Errichtung neuer Eisenbahnlinien nicht mehr bestehen. Unter den auf Staatskosten hergestellten Linien befinden sich sogar manche, deren Werth ein problematischer genannt werden darf. Auch dürfte die mit grossem Sachverständnisse und mit einem anerkennungswerthen

Zielbewusstsein durchgeführte Verstaatlichung, welche bereits auf mehr als 3800 Kilometer Bahnen ausgedehnt wurde, nicht sobald grössere Fortschritte nöthig machen. Die nothwendig werdenden Zweig- und Flügelbahnen werden mit der Zeit von der Privat-Industrie ausgeführt, sobald in den betreffenden Gegenden ein genügender Verkehr zur Verzinsung des Anlagecapitals in Aussicht steht.

Wir möchten jedoch die Aufmerksamkeit namentlich für landwirthschaftliche Zwecke mehr auf die Errichtung schmalspuriger Bahnen lenken, welche ein viel geringeres Anlagecapital erfordern, ja billiger als die Herstellung guter Strassen zu stehen kommen und in den meisten Fällen für eine lange Zeit den localen Verkehrsanforderungen entsprechen könnten. Solche Bahnen sind bereits mit besten Erfolgen, allerdings nur zu Privatzwecken, in den Domänen Ungarisch-Altenburg, Kapuvár, Nagy-Vázsony und Tolna ausgeführt worden.

So viel nun aber auch in den letzten zwei Decennien für die Entwicklung unseres Eisenbahnwesens geschehen ist, umsoweniger Fortschritte haben wir auf dem Gebiete der Wasserregulirungen und Canalisirung zu verzeichnen. Die gütige Mutter Natur hat uns so reich mit Strömen gesegnet, welche die besten und billigsten Verkehrsadern sein und zu den fruchtbarsten Bewässerungen benützt werden könnten und wie wenig ist bisher zur Ausnützung dieser Naturschätze geschehen!

Während Deutschland 10.000 Kilometer regulirte Flüsse und 3000 Kilometer Canäle, Frankreich 3460 Kilometer regulirte Flüsse und 8320 Kilometer Canäle und England 3460 Kilometer regulirte Flüsse und 4000 Kilometer Canäle besitzen, hat Oesterreich-Ungarn wohl 5250 Kilometer unregulirte Flüsse, aber nur 0·230 Kilometer Canäle. Und welche Anstrengungen hat in dieser Richtung das rasch aufblühende Nordamerika in der kurzen Zeit seines Bestandes gemacht! Dasselbe besitzt über 6700 Kilometer Canäle, welche einen Kostenaufwand von 450 Millionen Gulden erforderten. Wer kennt nicht den Erie-Canal, der die grossen Seen bei Buffalo mit der Meeresküste bei New-York verbindet und es möglich macht, dass das Getreide heute von Chicago nach Liverpool mit 2 fl. 10 kr. pro 100 Kilogramm geführt wird.

Endlich hat der Landtag die Regulirung der oberen Donau von der Landesgrenze bis Komorn und kürzlich auch die Raab-Regulirung beschlossen. Allein für die Regulirung der Donau wird ein Zeitraum von 12 Jahren in Anspruch genommen, bei der Regulirung der Raab, welche nach dem Nil das fruchtbarste Wasser aller bekannten Flüsse führt, ist wenigstens vorläufig weder von einer Benutzung dieses Wassers für Cultur und Industrie, noch von der Einrichtung des Flussbettes zu Schifffahrtszwecken die Rede. Auch von der Regulirung des Eisernen Thores ist es ganz still geworden. Es fehlt uns leider der Muth, für unsere Wasserstrassen und Flussregulirungen die erforderliche grosse Summe schnell zu verausgaben, wenn wir auch noch so sehr überzeugt sind, dass dieselben zum Segen eines grossen Theiles der Bevölkerung, zur eminenten Hebung unseres Handels und Verkehrs dienen würden. Oder wir überlassen es den Anrainern das betreffende Flussgebiet zu reguliren, obgleich wir recht gut wissen, dass die sonst so beliebte Autonomie nirgends schlechter als bei Flussregulirungen angewendet ist. Denken wir nur an die Raab, bei der gelegentlich aller Regulirungs-Sitzungen und Commissionen sicherlich mehr Wein ausgetrunken wurde, als eine Ueberschwemmung Wasser auf unsere Fluren brachte, ohne dass aber bisher ein Spatenstich zur Regulirung gemacht ist. Wollen wir in Ungarn mit unseren Wasserregulirugen und Canalisirungen wirklich vorwärts kommen, so müssen wir das Wassergesetz vom 10. Juni 1871 suspendiren, einen einheitlichen Plan für alle wichtigen Wasserregulirungen im Lande entwerfen und hauptsächlich auf Landeskosten mit amerikanischer Energie durchführen, sonst werden auch nicht einmal unsere Grosskinder den Segen der Canalisirungen geniessen, welche uns heute, wenn sie bereits durchgeführt wären, unberechenbare Vortheile bieten müssten.

Wenn wir aber Muth und Energie besitzen, das Werk der Wasserregulirung mit Ernst in die Hand zu nehmen, vor den erforderlichen Opfern nicht zurückschrecken, wenn wir die Donau und die in dieselbe einmündenden grösseren Flüsse so schnell als möglich reguliren, auf der Donau Kettenschleppschifffahrt einrichten und alles thun, um den Wasserverkehr im eigenen Lande zu verbessern, dann sind wir auch vollkommen berechtigt, von Oesterreich zu verlangen, dass es auch seinerseits die Regulirung der oberen Donau energisch in Angriff nimmt und Transitwege über die Wasserscheiden errichte, wir meinen die Herstellung schiffbarer Uebergänge in diejenigen Strom- und Meeresgebiete, welche unsere Producte aufzunehmen berufen sind, um mit uns gemeinschaftlich die grossen Vortheile unserer Flussregulirung ausgiebig geniessen zu können. Hierher gehören in allererster Linie der Donau-Elbe-Canal und der Donau-Oder-Canal. Durch den ersteren wird es uns namentlich möglich werden, unsere Producte in denselben Kähnen von den Ufern der Theiss bis in's Herz von Deutschland oder bis nach Hamburg zu führen, um sie von dort mit geringen Spesen nach England verschiffen zu können. Das Project dieses Canales ist fix und fertig; Wien, Oesterreich und Böhmen verlangen die Ausführung desselben ebenso dringend, als dieselbe in unserem Interesse liegt. Der Donau-Elbe-Canal würde mit einer Breite von 16 Meter und einer Wassertiefe von 2 Meter für Schiffe von 500 Tonnengehalt (die Ladung von 2 vollen Lastzügen) bei Korneuburg die Donau verlassen, nach 222 Kilometer Länge die zu canalisirende Moldau auf 246 Kilometer verfolgen und bei Melnik in die Elbe einmünden. Für die ganze Länge sind 240 Schleusen projectirt und die Herstellungskosten mit 71 Millionen Gulden, die Ausführung mit drei Jahren berechnet. Man nimmt an, dass unsere Eisenbahnen nicht unter 1·58 Kreuzer pro Tonnen-Kilometer verfrachten können, während nach den aufgestellten Berechnungen der Donau-Elbe-Canal bei einem Durchschnitts-Frachtsatz von einem Kreuzer sich noch immer gut verzinsen wird. Bei Getreide ist ein Frachtsatz von 0·875 Kreuzer pro Tonnenkilometer in Aussicht genommen. Die Entfernung von Budapest nach Hamburg beträgt 1320 Kilometer, rechnen wir den Frachtsatz zur Hälfte in Gold, zur Hälfte in Papier, so wird die Wasserfracht bis Hamburg pro 100 Kilogramm 1·26 fl. betragen, während sie gegenwärtig per Bahn 4·40 fl. und mit Elbeumschlag in Laube 2·85 fl. kostet, das ergibt eine Frachtspesenverminderung durch den Canal von mindestens 100 Procent und sichert uns die Priorität der Zufuhr unserer Ernten auf den europäischen Consumtionsgebieten.

Die Fracht von Hamburg nach London beträgt 5 Schillinge, nach Liverpool 10 Schillinge pro Tonne, nach Vollendung der Donauregulirung und des Donau-Elbe-Canales können wir unsere Producte mit 145 Kreuzer von Budapest nach London und mit 175 Kreuzer nach Liverpool verschiffen, während die Fracht von Chicago nach Liverpool 210 Kreuzer beträgt. Für Getreide und Mehl von Budapest nach Fiume besteht ein Frachtsatz von 108 Kreuzer pro 100 Kilogramm und die Schifffahrt von Fiume nach London kostet 14 Schillinge pro Tonne, so dass auf diesem Wege die Fracht von Budapest nach London 192 Kreuzer pro 100 Kilogramm beträgt. Wie gesagt, wollen wir mit unseren Producten auf dem ganzen Weltmarkte concurriren können, so muss der möglichst schnelle Ausbau unserer Wasserstrassen unsere erste und wichtigste Aufgabe sein. Ausserdem werden uns die regulirte Donau und der Donau-Elbe-Canal mit den unerschöpflichen Kohlenlagern Böhmens in directe Verbindung bringen.

Böhmische Kohle als Rückfracht für unsere Getreidesendungen bedeutet für Ungarn: Heben des Canalverkehres, das heisst weitere Verwohlfeilung der Canalfracht und billiges Brennmaterial für unsere künftigen Industrien.

Von grosser Wichtigkeit für den Kohlenbezug von Ostrau ist der Donau-Oder-Canal. Derselbe zweigt von Wien vis-à-vis der Ausmündung des bestehenden Donaucanales mit einer Seehöhe von 147·7 Meter von der Donau ab, durchschneidet das Marchfeld und ermöglicht die directe Abgabe von Wasser zur Bewässerung desselben. Der Canal, der hier von der Donau gespeist wird, fällt in drei Schleusen bis Angern in's Gebiet der March und Becva bis zur Wasserscheide mit einer Seehöhe von 281·2 Meter, die mit 49 Schleusen erreicht wird. Von Barnsdorf fällt der Canal mit 31 Schleusen auf eine Seehöhe von 193·4 Meter in das Odergebiet und erreicht hier mit einer Gesammtlänge von 273·4 Kilometer Ostrau und Oderberg.

Der Canal erhält eine Wassertiefe von 2 Meter und eine Breite von 15 Meter für Boote von 500 Tonnenladung. Die Kosten desselben sind mit 40 Millionen veranschlagt, bei einem Tarife von 0·8 Kreuzer pro Tonnenkilometer würde die Ostrauer Kohle mit einem Ersparnisse von 1 fl. 98 kr. pro Tonne oder

45 Procent durch den Canal nach Wien transportirt werden können.

Die Deutschen streben eine Canalisirung der Oder von Oderberg bis Breslau an und sind diese beiden Projecte ausgeführt, so ist eine zusammenhängende Wasserstrasse von dem Schwarzen Meere bis Stettin geschaffen, die auch Ungarn vom grössten Nutzen sein würde.

## Unsere Bahn- und Donau-Tarife.

Ueber dieses Capitel lassen sich recht viele, leider auch recht unangenehme Dinge sagen. Wir bemängeln vor Allem die jetzt so modern gewordenen Cartelle, welche die grossen unter sich concurrirenden Bahnen abschliessen, um den Verkehr ohne Rücksicht auf die Wünsche des Publicums unter sich zu theilen und Minimalfrachtsätze zu vereinbaren, unter welche sie nicht herabgehen dürfen. Erst kürzlich hat uns eine Bahnverwaltung für eine grössere Frachtmenge jede Begünstigung verweigert, weil wir in Folge eines Cartelles eine andere Route zu wählen hätten, obgleich uns die erstere Strecke mehr convenirte, da uns auf einem Theile derselben durch eine nicht im Cartell stehende Bahn bereits eine Frachtermässigung zugesichert war. Wir begreifen es ja, dass eine Concurrenz à outrance dem allgemeinen Wohle auch nicht förderlich sein kann, aber wir waren immer der Ansicht, dass wir deshalb für unsere 3800 Kilometer Staatsbahnen 289 Millionen verausgabten, um durch billige Tarife den Privatbahnen eine kräftige Concurrenz im Interesse unserer Landwirthschaft und Industrie schaffen zu können, allein auch unsere Staatsbahnen haben gewiss nicht zum Vortheile des Publicums Cartelle geschaffen.

Die Tarifbildung unserer Eisenbahnen entspricht ebenfalls nicht den Interessen der ungarischen Landwirthschaft. Wir ersuchen in die Ziffern des folgenden Tableaus Einsicht zu nehmen:

## Tarifsätze

der ungarischen Eisenbahnen und der in k. k. österreichischer Staatsverwaltung stehenden Bahnen.

| Von den Stationen | Nach Budapest ||||  Nach Wien ||||
|---|---|---|---|---|---|---|---|---|
| | Entfernung in Kilometer | Bestehende directe Frachtensätze pro 100 Kilogramm | Somit Einheit pro 100 Kilogramm und Kilometer | Nach dem Localtarife der k. k. öst. Staatsbahnen würde entfallen | Entfernung in Kilometer | Bestehende directe Frachtensätze pro 100 Kilogramm | Somit Einheit pro 100 Kilogramm und Kilometer | Nach dem Localtarife der k. k. öst. Staatsbahnen würde entfallen |
| | | Kreuzer ||| | Kreuzer |||
| Eszek . . . | 298 | 106·0 | 0·355 | 70·6 | 555 | 154·9 | 0·259 | 113·8 |
| Szeged . . . | 194 | 62·6 | 0·323 | 49·8 | 468 | 122·1 | 0.261 | 99·9 |
| Sárbogárd . | 91 | 34·5 | 0·379 | 27·8 | 328 | 94·7 | 0·290 | 76·0 |
| Pécs . . . . | 237 | 70·4 | 0·297 | 58·4 | 474 | 116·9 | 0·247 | 100·8 |
| Szegszárd . | 156 | 54·1 | 0·347 | 42·2 | 393 | 114·3 | 0·291 | 87·7 |
| N.-Becskerek | 325 | 114·3 | 0·352 | 75·5 | 593 | 164·9 | 0·280 | 119·9 |
| Baziás . . . | 432 | 125·2 | 0·290 | 94·1 | 700 | 165·5 | 0·236 | 137·0 |
| Orosclamos . | 221 | 73·1 | 0·330 | 55·2 | 489 | 127·0 | 0·260 | 103·2 |
| Orsowa . . | 501 | 133·7 | 0·267 | 105·2 | 769 | 176·8 | 0·230 | 148·0 |
| Temesvár . | 317 | 90·5 | 0·356 | 74·1 | 577 | 145·7 | 0·253 | 117·3 |
| Verciorova . | 506 | 133·7 | 0·264 | 106·0 | 774 | 177·6 | 0·230 | 148·8 |
| Arad . . · . | 259 | 72·9 | 0·281 | 62·8 | 519 | 134·0 | 0·258 | 108·3 |
| Baja . . . . | 231 | 67·2 | 0·291 | 57·2 | 488 | 128·3 | 0·263 | 103·1 |
| Brassó (Kronstadt) . . | 735 | 153·1 | 0·208 | 142·6 | 995 | 211·7 | 0·213 | 184·2 |
| Miskolcz . . | 189 | 58·1 | 0·307 | 48·8 | 449 | 119·1 | 0·265 | 96·8 |
| Semlin . . . | 344 | 88·6 | 0·238 | 78·9 | 601 | 149·8 | 0·249 | 121·2 |

Die Tabelle enthält die bestehenden Tarife der wichtigsten ungarischen Privat- und Staatsbahnen für den Verkehr mit Budapest und Wien in Vergleichung zu den Tarifen der österreichischen Staatsbahnen. Dieses Ziffernmaterial berechtigt uns zu folgenden Schlüssen:

1. Die Tarife auf den ungarischen Bahnen sind ganz bedeutend und ungerechtfertigt höher, als auf den österreichischen Staatsbahnen, wodurch unmöglich unser Handel und Wandel unterstützt wird. — Erst bei einer Entfernung von 400 Kilometer gestalten sich die Tarife zu Gunsten unserer Staatsbahnen. Dieselben sind z. B. per Tonnenkilometer für diese Länge:

auf den deutschen Staatsbahnen bis 1·10 kr.
„ der französischen Ostbahn „ 2·15 „
„ „ ungarischen Staatsbahn „ 2·42 „
„ „ Paris-Lyon-Mediterranée „ 2·58 „
„ den italienischen Bahnen „ 2·60 „
„ „ österr. Staatsbahnen „ 2·70 „
„ der österr.-ungar. Staatsbahn „ 2·77 „

2. Während die Deutschen den Export ihrer heimatlichen Producte vis-à-vis dem Importe der ausländischen Waare durch die Tarifbildung zu begünstigen suchen, bevorzugen unsere Bahnen die Einbruchsstationen von Rumänien und Serbien auf Kosten des heimatlichen Handels. Von Semlin nach Budapest kommt z. B. ein Frachtsatz von 2·38 kr., von Kronstadt ein solcher von 2·06 kr. per Tonnenkilometer in Anwendung, während für rein interne Stationen z. B. Miskolcz, Oroszlamos, Fünfkirchen Frachtsätze von 3·07—3·30—2·97 kr. per Tonnenkilometer aufgestellt sind. Aehnliche Tarife bestehen zum Nachtheile des heimischen Exportes auf österreichischen Bahnen, z. B. von Brody und von Czernowitz nach Bregenz bestehen Tarife von 2·2 und 2·1 kr. per Tonnenkilometer, wodurch das russische und rumänische Getreide begünstigt wird.

3. Ebenso ist ersichtlich, dass nach Wien günstigere Einheitssätze als nach Pest in Anwendung kommen. Während z. B. von Verciorova nach Wien per Tonnenkilometer ein Einheitssatz von 2, 3 kr. besteht, wird von den Mittelstationen der österreichisch-ungarischen Staatsbahn ein Tarif von 2·5 bis 2·7 und nach Budapest ein solcher von 2·64 kr. eingehoben.

Auch könnten wir aus anderen Tarifvergleichungen den Nachweis liefern, dass der Handel unserer Hauptstadt in nicht immer zu rechtfertigender Weise gegen die Provinz bevorzugt erscheint. Wir wünschen gewiss die Vergrösserung und Verschönerung unserer Residenz, weil der Glanz, die Intelligenz, Handel und Verkehr derselben befruchtend auf das ganze Land wirken müssen, allein es ist national-ökonomisch unrichtig, wenn nicht durch eine richtige Tarifaufstellung auch für die Lebensfähigkeit von Industrie und Handel in unseren Provinzstädten Sorge getragen wird. Unsere Bahnen müssen namentlich für kürzere Entfernungen und für den internen Verkehr durch möglichste Aufhebung der Differenzialtarife noch bedeutend billiger fahren und dürfen nicht die fremden Producte zum Nachtheil unserer eigenen Erzeugnisse in bisheriger Weise bevorzugen, wenn den berechtigten Ansprüchen der Landwirthschaft und Industrie Rechnung getragen werden soll.

Die Donau-Dampfschifffahrt folgt dem Beispiele der Bahnen. Sie hat am 1. März dieses Jahres einen neuen ermässigten Tarif für Getreide- und Mehlsendungen publicirt, durch welchen das rumänische Getreide zum Nachtheile unserer eigenen Landwirthschaft begünstigt wird. Für die rumänischen Stationen, z. B. von Giurgewo, Widdin, Verciorova ist die bisherige Fracht nach Budapest von 189—159—127 auf 133—109—84 kr., d. h. um 30 bis 34 Procent herabgesetzt. Das ist ja an und für sich recht löblich, aber von ungarischen Stationen, z. B. von Kubin, Semlin, Vukovar, Tolna, Szolnok sind dagegen die bisherigen Frachtsätze von 66—55—45—32—76 auf 60—50—40—30 und 66 kr., d. h. nur um 2 bis 13 Procent herabgesetzt; ist das nicht eine eminente Begünstigung des fremden Getreides gegen unsere eigene Production? Aehnliche Differenzen sind für die Transporte nach Wien zu constatiren. Rumänien und Serbien werden schon durch die Zollfreiheit für Getreide in ihrem Importe nach Oesterreich unterstützt und nun fahren dieselben auch noch viel billiger als wir selbst auf unseren Bahnen und Schiffen. Wahrlich, die ungarischen Landwirthe können mit Recht sagen:

„Gott schütze uns vor unseren Freunden, gegen unsere Feinde werden wir uns schon selbst schützen."

Unsere Donau-Dampfschifffahrts-Gesellschaft hat überhaupt recht merkwürdige Tarife, die nichts weniger als zur Unterstützung unseres Handels beitragen. Sie berechnet beispielsweise für Mehltransporte von Budapest bis Linz 114 kr. Papier, nach Passau 112 kr. Gold, von Gross-Becskerek nach Linz 177 kr. Papier, nach Passau 165 kr. Gold, während wir von Budapest über Fiume nach London Mehl mit 192 kr. Papier verfrachten können. Der Transport von Eisenschienen kostet z. B. von Wien thalabwärts bis Dombori 90 kr. und so könnten wir noch eine ganze Blumenlese von Donautarifen anführen, die nichts weniger als zur Belebung des Verkehrs beitragen.

Schade um unsere schöne blaue Donau, wie kann es uns noch wundern, wenn im 'Gebiete derselben per Kilometer jährlich nur 6600 Metercentner verfrachtet werden, während der Rhein eine Frachtmenge von 75·000 Metercentner und die Elbe von 65·000 Metercentner per Kilometer haben.

## Unsere Landwirthschaft.

Jeder gebildete Landwirth unseres Vaterlandes ist sich bewusst, dass wir noch weit entfernt sind, unserem gewiss dankbaren Boden solche Ernten zu entnehmen, welche uns derselbe bei vollkommen entsprechender Cultur liefern würde. Wer kennt nicht die Vortheile der in Ungarn noch so wenig verbreiteten Tiefcultur, der Drainage, eines regelmässigen Turnus, der Anwendung vorzüglicher Sämereien, von künstlichem Dünger und all der verschiedenen Hilfsmittel, welche die intensive Landwirthschaft heute benützt und benöthigt, um entsprechende Resultate und finanzielle Erfolge zu erzielen. Und doch geschieht auf unserem Boden in dieser Richtung noch so wenig! Welch zahlreiche Mittel stehen uns noch zur Verfügung, um die Erträge unserer Felder zu steigern und schönere Qualitäten als bisher zu erzeugen. Wir leben seit 28 Jahren in Ungarn, haben das Land oft genug kreuz und quer durchstreift und wissen die grossen Fortschritte wohl zu würdigen, welche der ungarische Landwirth in den letzten 25 Jahren, namentlich in manchen Comitaten, gemacht hat. Gerade der Umstand, dass bereits viele unserer Landwirthe recht gut im Stande sind, der jetzigen hohen Entwicklung intelligenter Bewirthschaftung zu folgen, muss für uns Alle ein doppelter Sporn sein, auf diesem Wege rüstig vorwärts zu schreiten, um der Concurrenz der überseeischen Landwirthe erfolgreichen Widerstand leisten zu können. Sich von derselben nicht erdrücken zu lassen, liegt allein in unserer Hand, umsomehr, da in Amerika auch nicht Alles Gold ist, was glänzt. Es gibt dort in Folge des Raubbaues für den Getreidebau oft grössere Feinde als in Ungarn, an minderwerthigen Feldern ist durchaus kein Mangel und nach den Angaben des M. Randolph in Chicago kosten die Herstellungskosten von 100 Kilogramm Weizen im Westen Amerikas 5 fl. 37 kr. Gold oder 7 fl. 47 kr. Gold in Liverpool, in Deckola in der fruchtbarsten und günstigsten Gegend 7 fl. 6 kr., in Missouri, Oregon, Californien, Kentucky aber um 36 bis 50 Procent mehr. Unsere Felder sind im grossen Ganzen bei der richtigen Cultur fruchtbar und liefern bessere Qualitäten als Amerika und Ostindien, suchen wir die Erträge zu steigern und wie die Deutschen nach Liebig's Recepte aus Steinen Brot zu machen, so werden sich auch die Gestehungskosten wesentlich vermindern und bei entsprechenden billigen Transportmitteln brauchen wir auch ohne Kornzölle vorläufig noch gar keine Concurrenz ernstlich zu fürchten.

Auf die grosse Menge der theils ja noch recht unerfahrenen Landwirthe wirkt aber nichts belehrender und animirender als Versuche in der verschiedensten Richtung, welche in ihrer Umgebung ausgeführt werden und deren Resultate sozusagen in die Augen springen. Welchen grossen Einfluss das Versuchswesen auf eine günstige Entwicklung der Landwirthschaft nimmt, zeigt ganz besonders Deutschland, welches z. B. die grossen Erfolge in der Zuckerindustrie durch Zucht zuckerreichster Rüben oder in der Gerstencultur, in der wir noch recht zurück sind, ausschliesslich seinem Versuchswesen verdankt. Dasselbe bewirkt nicht allein eine Verbesserung bereits bestehender Culturen, sondern animirt auch zur Ausbreitung solcher Culturpflanzen, die vielleicht in Ungarn eine Zukunft haben, aber noch wenig verbreitet sind, wie Gespinnstpflanzen, Hopfen, Reis, Farbpflanzen, verschiedene Sämereien, Obstbaumzucht etc. Führt doch z. B. Oesterreich-Ungarn allein jährlich 350.000 Metercentner Flachs und Hanf für 13 Millionen Gulden ein, die wir gewiss selbst erzeugen und dadurch den Getreidebau vermindern könnten. Wohl wären unsere Grossgrundbesitzer in erster Linie berufen, durch ihr gutes Beispiel auf die grosse Menge der Landwirthe zu wirken, allein dort gewinnt zu unserem Bedauern das Pachtsystem immer mehr und mehr Terrain.

Wir empfehlen daher die Aufstellung einer Landesversuchsstation, unter deren Leitung ein systematisches Versuchswesen im ganzen Lande mit Hilfe patriotischer Landwirthe zu organisiren ist und von dem wir uns einen grossen Erfolg in Beziehung auf Ausbildung und Belehrung unserer Landwirthe versprechen. Auch in Oesterreich hat sich erst kürzlich ein Verein zu ähnlichen Zwecken gegründet, der dieselben allerdings ohne staatliche Hilfe zu verfolgen beabsichtigt. Sollte sich unsere Regierung zur Errichtung einer Versuchsstation nicht entschliessen können, so würden wir den landwirthschaftlichen Vereinen im Lande vorschlagen, das Versuchswesen unter gemeinschaftliche Organisation und auf eigene Kosten in die Hand zu nehmen.

## Der Weinbau.

Obgleich derselbe wohl nicht zur Landwirthschaft im engeren Sinne gerechnet werden kann, so wollen wir denselben doch nicht unerwähnt lassen, denn Ungarn bebaut 633.000 Joch mit Weinreben und erzeugt jährlich vier bis fünf Millionen Hektoliter Wein, von denen nicht ganz eine Million, und zwar grösstentheils nach Oesterreich, exportirt wird. Wir verweisen unsere Leser auf das kürzlich erschienene ausgezeichnete Werk über Ungarns Bodenschätze von Max Wirth, welcher den Weinbau sehr eingehend bespricht und demselben bei richtiger Cultur, besserer Kellerwirthschaft und Unterstützung des Handels eine bedeutende Zukunft in Aussicht stellt.

Einer unserer grössten Weinhändler im Lande, dem die Verhältnisse aller Weingebirge Ungarns bekannt sind, versicherte uns, dass der grösste Uebelstand unserer Weincultur darin bestehe, dass die Winzer im grossen Ganzen keinen reinen Satz in ihren Gärten und keine reinen Fässer in ihren Kellern haben. In demselben Weinberge gibt es rothe und weisse Trauben, späte oder frühreife Sorten, alle werden ohne Unterschied auf einmal gelesen und gemischt, so dass unmöglich eine gleichfarbige Waare für den Grossconsum producirt werden kann. Ein ebenso grosser Theil der Weinernte geht ausschliesslich durch Vernachlässigung der Fässer zu Grunde, wird schimmelig und essigsauer, so dass er von dem Besitzer gewöhnlich selbst getrunken werden muss.

Unser Gewährsmann ist der Ansicht, dass die Regierung durch allmälige Beseitigung dieser Krebsschäden unseres Weinbaues, indem sie den erzeugten Wein zur Verkaufswaare mache, dem Lande einen weit grösseren Dienst erweisen würde, als wie gegenwärtig für den doch grösstentheils unverkäuflichen

Wein Käufer zu suchen, die schliesslich doch nur gute Waare verwenden können.

## Die Seidenzucht.

Ein der eigentlichen Landwirthschaft ziemlich fernstehender Zweig derselben, dessen Förderung nur dort angezeigt erscheint, wo abgesehen von den übrigen Bedingungen genügende oder vielmehr überflüssige Arbeitskraft vorhanden ist. Die Seidenzucht erfordert nämlich allerdings nur wenige Wochen im Jahre eine unausgesetzte Pflege gerade in der Zeit, wo die Landwirthschaft der grössten Arbeitskraft bedarf, und so gerathen beide zu leicht in Collision. Nun, wie es auch immer sei, Oesterreich-Ungarn importirt jährlich 12.000 Metercentner Cocons, Seide, Floretseide etc., abgesehen von 19 Millionen Gulden Seidengewebe. Das so energische und sachverständige Bestreben unseres Seidenbau-Inspectors von Beszerédy muss daher jedenfalls umsomehr dankend anerkannt werden, da Ungarn vorläufig nicht mehr als 150 Metercentner Rohseide producirt.

## Unsere Viehzucht.

Ohne eine gänzliche Absperrung unserer Grenzen gegen Russland, Rumänien und Serbien für den Eintrieb von Rindvieh, Schafen und Schweinen ist eine intensive Entwicklung unserer gesammten Viehzucht und an einen derselben entsprechenden Export nicht zu denken.

Der Gesetzartikel XX vom Jahre 1874 bestimmt die gegen die orientalische Viehseuche zu treffenden Massregeln. Ungeachtet dieselben streng gehandhabt wurden, traten doch fortwährend Seuchenfälle, namentlich in einzelnen Grenzgemeinden von Galizien, der Bukowina und in Siebenbürgen auf und boten der deutschen Regierung wiederholt eine willkommene Gelegenheit, ihre Grenzen gegen unsere Vieheinfuhr abzusperren. Die getroffenen Massregeln zeigten sich als ungenügend und die beiderseitigen Regierungen sahen sich endlich auf fortwährendes Drängen der Viehzüchter und ungeachtet des Widerspruches der Wiener Fleischhacker genöthigt, obiges Gesetz durch den Gesetzartikel XXVI des Jahres 1880 dahin zu ergänzen, dass vom 1. Januar 1881 die Ein- und Durchfuhr von Hornvieh aus solchen Ländern verboten wurde, in denen die Rinderpest häufiger aufzutreten pflegte. Auf Grund dieses Gesetzes wurde die Grenze gegen Russland und Rumänien im November 1882 abgesperrt. Auch hat unsere Regierung Alles gethan, um die Sperre so wirksam als möglich zu machen. Die Fortschritte der Viehseuche in den Grenzländern werden auf einer Karte sichtbar gemacht und in Evidenz gehalten, so dass die betreffenden Grenzpunkte der besonderen Aufmerksamkeit der Wächter sofort empfohlen werden können. Auch sucht man das Rindvieh unserer östlichen Grenzbewohner durch farbige Stämme zu kreuzen, um einen starken Contrast mit dem Steppenvieh, welches eingeschmuggelt werden könnte, hervorzurufen.

Die wohlthätigen Folgen dieser Massregeln lassen sich nicht verkennen, Fälle der orientalischen Viehseuche sind in Oesterreich-Ungarn seither nur äusserst selten aufgetreten. Eine statistische Vergleichung zwischen Ende 1882 und heute würde nach unseren Beobachtungen auch eine starke Vermehrung der Rindviehzucht, wenigstens in Ungarn, bestätigen. Wien ist bisher weder verhungert, noch sind die Fleischpreise gestiegen. Aber dennoch sind die bisherigen Massregeln noch immer ungenügend. Die Grenze gegen Serbien ist in Folge eines Handelsvertrages vom 6. Mai 1881 nicht gesperrt. Serbien hat sich allerdings durch ein besonderes Uebereinkommen sehr strengen sanitären Massregeln unterworfen und ist durch Artikel III desselben verpflichtet, die Rindvieh-Einfuhr und Durchfuhr von Rumänien, Bulgarien und der Türkei unbedingt zu verbieten; aber wer bürgt uns bei dem besten Willen der serbischen Regierung für eine genügende Controle? Auch ist ja allen Schweinemästern bekannt, dass die Schweine ungarischer Race vollkommen trichinen- und finnenfrei sind, während serbische und rumänische Schweine sehr oft mit Finnen behaftet zu uns kommen. Gewiss ist, dass Deutschland erst kürzlich die Einfuhr ungarischer Schweine verboten hat, weil von Serbien die Klauenseuche zu uns eingeschleppt wurde. Ebenso verbot England kürzlich die Einfuhr deutscher Schafe, weil bei einem Transporte russischer Schafe in Hamburg zwei klauenkranke Thiere constatirt wurden.

Wir sind gewiss von dem lebhaften Wunsche erfüllt, unsere kaum angeknüpften Handelsverbindungen mit Serbien und Rumänien recht dauernd und intim zu gestalten, denn wir suchen die Zukunft unseres Exportes von Industrie-Artikeln hauptsächlich in den Balkanstaaten, aber die Zukunft unserer gesammten Viehzucht, das Fundament unseres ganzen Wohlstandes, die Kraft unseres Bodens können wir auch unseren besten Freunden nicht zum Opfer bringen und Russland, das sich gegen den Import unserer Artikel durch fortwährende Erhöhungen seiner Zölle zu schützen sucht, kann am wenigsten Rücksicht beanspruchen. Wir verlangen eine vollständige Absperrung unserer südöstlichen Grenzen gegen die Einfuhr sowohl von Rindvieh als von Schafen und Schweinen. Nur hierdurch erwarten wir eine Hebung unserer Viehzucht und Landwirthschaft, eine Zunahme unseres Viehexportes. Beträgt doch der Werth der jährlichen Vieheinfuhr mehr als zwanzig Millionen Gulden, die wir bei entsprechender Vermehrung unserer Viehzucht recht gut selbst verdienen können.

Ohne eine Gabe von Salz an unsere Thiere giebt es keine rationelle Viehzucht. Dasselbe befördert die Verdauung, gestattet die grössere Verwendung und bessere Ausnützung schwer verdaulicher Futtermittel, verursacht einen lebhafteren Stoffwechsel, erregt die Hautthätigkeit und ist für Wachsthum und Gedeihen namentlich der jüngeren Thiere unbedingt nothwendig. In Deutschland kosten 100 Kilogramm Viehsalz 2 fl. 25 kr., in Ungarn 11 fl. 90 kr.! Alle Viehzüchter des Landes müssen sich vereinigen, um von der Regierung eine bedeutende Herabsetzung der Viehsalzpreise zu erzwingen. Dieselbe entschuldigt die ganz ungerechtfertigten, für unsere Viehzucht gemeinschädlichen Preise mit der Unmöglichkeit das Viehsalz denaturalisiren zu können. Was in Deutschland zu diesem Zwecke geschieht, ist uns nicht bekannt, wir mischen das Salz für unsere ausgedehnte Viehzucht entweder mit Oelkuchen oder Chlorkalk und machen es dadurch für die Menschen ungeniessbar, für unsere Thiere nahrhafter und gesünder.

Bei keinem Theile der Viehzucht hat Ungarn mehr Erfolg aufzuweisen, als in der Pferdezucht. Wir wollen nicht von der Zucht des englischen Vollblutes in Kisbér oder anderen Gestüten, noch von dem arabischen Vollblut in Bábolna oder den Kreuzungen von arabischem und englischem Blute in Mezöhegyes, sondern von dem eigentlichen ungarischen Pferdestamme sprechen, der seit vielen Jahrhunderten von unserer Landbevölkerung gezüchtet und durch das richtige Verständniss unseres leitenden Hippologen, durch eine passende Mischung mit fremdem Blute fortwährend zu verbessern gesucht wurde. Aus diesem Stamme wird der Bedarf unserer ganzen Armee gedeckt, aus ihm kauft Oesterreich, besonders Wien, Deutschland, Frankreich und Italien jährlich 8000 Stück (wahrscheinlich bedeutend mehr, da bei Aufnahme der statistischen Daten der Grenzverkehr zu Fuss nicht berücksichtigt werden konnte). Wir könnten aber auch 30.000 Stück abgeben, wenn die Käufer bei uns genügend fehlerfreies junges Pferdematerial finden würden. Bei der grössten Hochachtung und Bewunderung, welche wir für den Chef unserer Landespferdezucht besitzen, müssen wir es dennoch im Interesse dieser so höchst wichtigen Landesangelegenheit als Fehler derselben bezeichnen, dass die Anzahl der Staatshengste eine ungenügende ist, dass bei der Auswahl der Stuten zu wenig Sorgfalt verwendet wird und dass die bäuerliche Bevölkerung ihre selbstgezogenen Fohlen viel zu früh, gewöhnlich schon im zweiten Jahre benützt.

Soll unser Export steigen, unsere Pferdezucht ihren guten Ruf nicht allein erhalten, sondern noch erhöhen, und wir sind bei der sachverständigen Leitung dazu berechtigt, so halten wir es für unbedingt nothwendig, dass die Beschälstationen hauptsächlich dadurch vermehrt werden, dass man den entfernter liegenden Gemeinden einen oder mehrere passende Vaterthiere entweder miethweise oder verkäuflich mit dem Rechte des Rückkaufes nach vier Jahren überlässt. Ferner sollte ähnlich, wie es unter dem dritten Kaiserreiche in Frankreich mit so grossem Erfolge geschehen, eine jährliche amtliche Prüfung des Stutenmateriales erfolgen, bei welcher alle Thiere, die nicht belegt werden dürfen, zu stempeln sind. Schliesslich müsste ein Gesetz erlassen werden, nach welchem es verboten wird, die jungen Fohlen — Rennpferde ausgenommen — vor vollendetem vierten Jahre zu benützen. Allerdings ist dies eine etwas harte Beschränkung der freien Verfügung über persönliches Eigenthum, auch ist es möglich, dass die Zahl der gezogenen Pferde anfangs etwas zurückgeht, aber unser Bauer wird sich recht bald von dem Segen dieser drakonischen Massregeln überzeugen und mit denselben befreunden.

Auch auf die Verbesserung unserer Rindviehzucht hat die Regierung durch Ankauf guter fremder Racen und durch Vertheilung passender Stiere an die Gemeinden in den letzten Jahren sehr anerkennungswerthe Erfolge erzielt. — Alle ungarischen Thierzüchter sind gewiss darüber einig, dass wir der Zucht unseres ungarischen Rindes auch in Zukunft den ersten Platz einräumen müssen, denn keine andere Race liefert uns ein so ausgezeichnetes, schnelles, ausdauerndes und genügsames Zugthier als jenes und die Mastfähigkeit desselben steht weder der Schweizer, noch der holländischen oder Durham-Race nach. — Wohl sind unter unseren fünf Millionen Rindern ja beinahe 80 Procent ungarischer Race, aber wer wie wir häufig Gelegenheit hatte, das Land zu durchreisen, sieht doch in sehr viel Rindviehherden der Gemeinden eine starke Mischung von ungarischem und farbigem Vieh, und das ist keineswegs für die Zukunft unserer ungarischen Race nützlich. Für jede einzelne Gemeinde sollte diejenige Rindviehrace bestimmt werden, welche nach den örtlichen Verhältnissen den grössten Erfolg verspricht, dann muss aber auch dafür gesorgt werden, dass die Gemeinden mit dieser Race entsprechenden Stieren versehen werden.

Die Vermehrung und Verbesserung unserer Milch- und Käsewirthschaften ist selbstverständlich mehr den grösseren Grundbesitzern überlassen und entzieht sich der Controle der Regierung. Von Wichtigkeit ist jedenfalls die Vermehrung unserer Käseproduction, da wir noch immer um 1·3 Millionen Gulden mehr Käse einführen als ausführen. Die Regierung hat auch im richtigen Verständnisse zur Förderung dieses Theiles der Viehwirthschaft eine eigene Inspection für Milch- und Käseproduction errichtet.

Die Schafzucht kann von der Regierung wohl ebenfalls wenig beeinflusst werden, da sich dieselbe doch grösstentheils in den Händen der Grossgrundbesitzer befindet. Es ist sehr zu bedauern, dass die Anzahl unserer Schafe seit 1870 um sechs Millionen Stück abgenommen hat und nur noch neun Millionen beträgt, ohne dass sich die Zahl des Rindviehes im gleichen

Masse vermehrt hätte. Der Aufbruch von Weiden und das Weichen der Wollpreise wird gewöhnlich als Ursache dieser Verminderung angeführt, jedoch kaum mit Berechtigung, denn Deutschland und Frankreich haben sicherlich weit weniger Weide als Ungarn und ebenso viel Schafe wie letzteres, das ist circa 600 Stück per 1000 Einwohner. Da nach Oesterreich-Ungarn jährlich 100.000 Metercentner Wolle mehr eingeführt als ausgeführt werden, da Russland und Rumänien jährlich 450.000 Stück Schafe auf den Wiener Markt bringen, um sie weiter nach Paris zu exportiren, so haben wir alle Ursache, unsere Aufmerksamkeit auch auf eine Vermehrung unseres Schafstandes zu richten.

Hierzu ist das wirksamste Mittel die bereits erwähnte Grenzsperre und vielleicht auch ein Eingangszoll auf Wolle, wie er in Rumänien mit 8 fl., in Russland mit 10 fl. und in Amerika mit 30 Procent des Werthes besteht, welcher jedoch nur unter sorgfältiger Schonung der Interessen unserer Textil-Industrie in Anwendung gebracht werden dürfte.

Gleich wichtig ist die Unterstützung des Schaf-Exportes durch Erleichterung der Expedition aus Ungarn direct über die Arlbergbahn nach Paris. Von Wien aus ist dieselbe bereits über Delle eingeleitet, so dass die Frachten per Schaf nach Paris nur noch 1 fl. betragen.

Kein Zweig unserer Viehzucht hat unter unserer ländlichen Bevölkerung eine solche Verbreitung als die Schweinezucht. Jede Familie, die sich überhaupt mit Landwirthschaft beschäftigt, hat doch mindestens eine Zuchtsau und bringt einen Theil der von dieser geworfenen Ferkel in den Handel. Aber abgesehen von den rationellen Züchtungen bei grösseren Grundbesitzern und Pächtern sieht man unter den Schweineheerden der Gemeinden ein solches Gemisch von unsystematisch gezüchteten Thieren, dass unsere ausgezeichnete ungarische Race kaum wieder zu erkennen ist. Bei der grossen Zukunft, welche unserer Schweinezucht — die von uns empfohlene Grenzsperre vorausgesetzt — bevorsteht, würden wir wünschen, dass die Regierung dem Kleingrundbesitze durch Vertheilung passender Eber die gleiche erfolgreiche Aufmerksamkeit zuwenden möchte, wie dies bei der Pferde- und Rindviehzucht geschehen ist.

## Unsere landwirthschaftlichen Industrien.

Die Wichtigkeit derselben für eine vortheilhaftere Benutzung unserer Felder und für die Beschaffung grosser Futtermengen für unseren Viehstand ist bekannt. Wir werden uns erst dann in Ungarn rühmen können, eine intensive Landwirthschaft zu betreiben, wenn wir nur noch Mehl, Fleisch, Wolle, Spiritus und Zucker exportiren, wie dies bereits in einzelnen grösseren Domänen angestrebt wird. Unser Interesse erfordert daher auch jene Industrien ganz besonders zu unterstützen, welche uns diesem idealen Ziele immer näher zu bringen im Stande sind. Inwieweit uns dies möglich ist, werden wir durch mehrere Vorschläge zu beweisen suchen.

### Die Zuckerindustrie.

In Folge der besseren Rübenqualitäten, welche Böhmen und Mähren im Vergleich zu dem grössten Theile Ungarns produciren und in Folge der ungünstigen Arbeiterverhältnisse und höheren Kohlenpreise befinden sich von den in Oesterreich und Ungarn vorhandenen 230 Zuckerfabriken nur 14 in Ungarn. Die Hälfte derselben ist im Oedenburger Comitate erbaut. Von den jährlich 46 Millionen Metercentner Rüben producirt Ungarn nur 2 Millionen Metercentner und ist dadurch ein jährliches Plus an Einfuhr von 150.000 Metercentner Zucker nothwendig. Unsere Bevölkerung hat einen jährlichen Zuckerverbrauch von 2 Kilogramm per Kopf, während Deutschland 12 und England selbst 30 Kilogramm verbraucht. Welche bedeutende Zuckereinfuhr würden wir erst benöthigen, wenn unser Zuckerverbrauch durch Zunahme unseres Wohlstandes nur um ein Kilogramm steigen möchte! Ist es aber überhaupt gerechtfertigt, dass wir bei unseren Bodenverhältnissen, welche in vielen Comitaten bei entsprechender Cultur ganz gute, und namentlich nach Einführung einer Productensteuer mehr als genügend Zuckerrüben liefern können, jährlich auch nur für einen Gulden Zucker importiren? Nur unsere Zollgemeinschaft mit Oesterreich erschwert die Erweiterung und Vermehrung unserer Zuckerfabriken im eigenen Lande, es wird daher die Aufgabe unserer Regierung sein, dieses Hinderniss für die Zukunft hinwegzuräumen. Ist dies der Fall, so werden wir unsere Fabriken sofort verdoppeln und eine Industrie schaffen können, die unseren Getreidehandel weit mehr als die beabsichtigten Kornzölle unterstützen wird. Bei Zuckerpreisen, wie sie in der letzten Campagne bestanden, würden auch die wenigen jetzt in Ungarn bestehenden Fabriken auf die Dauer nicht in Betrieb erhalten bleiben können.

### Die Spiritus-Industrie.

Dieselbe ist noch nicht so krank wie unsere Zucker-Industrie, allein es zeigen sich bereits bedenkliche Symptome und wenn wir nicht rechtzeitig Mittel zur Erhaltung dieser für die Landwirthschaft so wichtigen Industrie ergreifen, so werden wir auch in ihr recht bald einen Krach erleben. Es ist bereits feststehend, dass namentlich in Böhmen und Mähren der Anbau von Zuckerrübe in diesem Jahre wesentlich eingeschränkt wird. Hackfrüchte können die dortigen Landwirthe aber nicht entbehren, sie werden daher wieder, wie früher, mehr Kartoffeln anbauen und aus denselben Spiritus brennen. Hierzu kommt noch, dass bei den gegenwärtigen Zuckerpreisen das Osmosiren der Melasse nicht mehr rentirt und viele der früher bestandenen Melassebrennereien wieder in Betrieb gesetzt werden. Nun sind wir aber genöthigt, schon von unserer jetzigen gemeinschaftlichen Production von 1,300.000 Hektoliter mindestens 250.000 bis 300.000 Hektoliter zu exportiren, werden aber auf allen Märkten, namentlich in Italien und Spanien, durch die deutsche Concurrenz zurückgedrängt. Zu dieser wird sich jetzt noch die böhmische gesellen. Versuche, eine allgemeine Reduction des Betriebes durchzuführen, scheiterten an der Vielköpfigkeit der Spiritusbrenner. Man braucht daher kein Prophet zu sein, um voraussagen zu können, dass ohne energische Massregeln der Spirituskrach sehr bald an unsere Thüre klopfen wird.

Unsere Spirituserzeugung ist ohnedies nicht auf einer rationellen national-ökonomischen Grundlage aufgebaut. In Deutschland ist die Erzeugung von Rohspiritus ein ausschliesslich landwirthschaftliches Gewerbe. Die Gutsbesitzer verbrennen in 10.000 Brennereien in den meisten Fällen ihre eigene Kartoffelerzeugung und ernähren mit den Rückständen einen grossen Viehstand. Der Rohspiritus wandert entweder in die Branntweinfabriken oder in die grossen Rectificiranstalten, um von dort in den Handel überzugehen oder exportirt zu werden. Auf diese Weise werden in Deutschland von 500.000 Joch 30 Millionen Metercentner Kartoffel zu 3 Millionen Hektoliter Alkohol verbrannt, von denen 800.000 Hektoliter exportirt werden. Bei uns ist es leider nicht so. In Oesterreich-Ungarn werden 113.000, in Ungarn allein 83.000 Brennereien betrieben, hiervon sind aber über 111.000 nur die Brutanstalten von Steuerdefraudation und Materialverschwendung, sie verarbeiten Obst, Beerenfrüchte, Weinlager etc. und zahlen nach § 19 des XXI. Gesetzartikels von 1884 im Wege der Pauschalirung, nach der Leistungsfähigkeit des Maischraumes oder der Brennvorrichtung oder auch auf Grund eines freiwilligen Uebereinkommens eine Brennereisteuer von 10 bis 1000 Gulden. Erst kürzlich mussten in Gutenbrunn bei Neuarad mehrere Finanzbeamte wegen E verständnisses mit solchen Brennern entlassen werden. Diese Art der Branntweinerzeugung, welche auch noch demoralisirend auf unsere ländliche Bevölkerung wirkt, sollte gar nicht erlaubt sein und im Interesse der Staatsfinanzen verboten werden. Als erste Bedingung für die Lebensfähigkeit der Spiritusindustrie bezeichnen wir ein Gesetz, nach welchem kein Spiritus ohne einen Messapparat erzeugt werden darf und die Steuer ausschliesslich vom fertigen Producte gezahlt werden muss.

Eigentliche Brennereien werden in Oesterreich-Ungarn circa 1700 betrieben, von denen 1100 auch nur eine Steuer bis zu 4000 und 380 bis zu 8000 Gulden zahlen, so dass sich die Zahl der nennenswerthen Brennereien mit 8000 bis 300.000 fl. Steuer auf Grundlage der Anzeige eines Controlmessapparates auf die geringe Anzahl von 250 reducirt.

Das Gros der Spirituserzeugung befindet sich namentlich in Ungarn aber keineswegs wie in Deutschland in den Händen der Gutsbesitzer, sondern in den von Grossindustriellen, welche sich hauptsächlich dort angesiedelt haben, wo der Mais, den sie ausschliesslich verwenden, entweder aus der Umgebung, wie in Arad, Szegedin, Temesvar etc. oder aus Rumänien mit der Donau billig beschafft werden kann. Bei den niedrigen Preisen von Rohmaterial und Kohle, bei den gewöhnlich viel günstigeren Absatzverhältnissen und in Folge der grossen

Production, welche die Spirituspreise ganz besonders gedrückt haben, können die Landwirthe mit dieser Grossindustrie nicht concurriren. Vom national-ökonomischen Standpunkte aus sind dieselben daher nicht gerechtfertigt, denn ihre Futterrückstände werden bei der Mast theilweise verschwendet und der Dünger findet in den wenigsten Fällen eine solche entsprechende Verwendung, wie dies der Fall wäre, wenn die Rohspiritus-Erzeugung ausschliesslich als landwirthschaftliches Gewerbe betrachtet würde. Allerdings erhalten landwirthschaftliche Brennereien nach dem Gesetzartikel XXI von 1884 einen Steuernachlass von 20 bis 10 Procent, aber nur bei einem täglich zu versteuernden Maischraum von 20 bis 45 Hektoliter und auch nur dann, wenn auf jeden Hektoliter Maischraum mindestens 8·6 Joch Ackerfläche, z. B. bei 45 Hektoliter Maischraum 382 Joch Acker entfallen. Nun sind aber solche Brennereien für unsere grösseren ungarischen Landwirthschaften in den meisten Fällen viel zu klein für den vorhandenen Viehstand, die Errichtung von Brennereien, die doch so wohlthätig für die Entwicklung unserer Landwirthschaft sein müsste, ist diesen daher durch das Gesetz nur in Oesterreich möglich, bei uns beinahe unmöglich gemacht. Sie sind gegen die kleineren Brennereien im Nachtheil, weil sie keinen Nachlass bekommen und mit den Grossindustriellen können sie aus den oben angeführten Gründen nicht concurriren. Um den Nachlass nicht zu verlieren, aber doch mit Hilfe des Spiritus Futter zu erzeugen, errichtet die Staatsdomäne Mezöhegyes in diesem Jahre acht kleine Brennereien, denen ein Nachlass gebührt. Allein einen solchen Luxus kann sich nicht ein jeder ungarische Grundherr erlauben. Will die Regierung vom national-ökonomischen Standpunkte aus die Errichtung landwirthschaftlicher Brennereien auch in Ungarn befördern, so muss denselben ohne Rücksicht auf ihre Grösse ein entsprechender Steuernachlass gewährt werden. Die jetzige Grossindustrie wird sich dann naturgemäss mehr der Raffinerie und dem Exporte zuwenden, was nur im Interesse des letzteren liegen kann.

Sollte aber in Deutschland, wie man spricht, eine erhöhte Export-Bonification eingeführt werden, so bleibt auch unserer Regierung nichts Anderes übrig, als unseren Export ausgiebiger als jetzt zu schützen. Derselbe ist seit 1879 ohnedies von 211.000 auf 145.000 Hektoliter zurückgegangen, während der Export in Deutschland und Russland in den letzten Jahren wesentlich gestiegen ist.

### Die Bierbrauerei.

Kein Land erzeugt bessere Braugerste und vorzüglicheren Hopfen als Oesterreich-Ungarn, das Wiener, Pilsener und Steinbrucher Bier, sowie so manche andere sind weltbekannt und dennoch exportiren wir verhältnissmässig ein so kleines Quantum dieses Getränkes! Wir sprechen nicht von der Bierproduction, denn diese hängt ja hauptsächlich von der Consumtion der Bevölkerung ab und wir halten es für kein grosses Unglück, dass in Oesterreich-Ungarn per Kopf und Jahr nur 31 Liter, in Deutschland dagegen 85 Liter Bier getrunken werden. Dass aber Deutschland, welches seinen Gersten- und Hopfenbedarf zum grossen Theil von uns bezieht, jährlich über 1·2 Millionen Hektoliter, Oesterreich-Ungarn nur 300.000 Hektoliter Bier exportirt, liegt einfach in der verschiedenen Besteuerung, denn die Deutschen zahlen nur vier Mark per 100 Kilogramm Malz (circa 65 Kreuzer per Hektoliter Bier), während wir bei 13grädigem Biere zuerst 2 fl. 60 kr. Verzehrungssteuer und dann noch 1 fl. 50 kr. Consumsteuer, zusammen 4 fl. 10 kr. zahlen müssen. Wie soll sich da eine Bier-Industrie entwickeln! Unsere Brauereien haben sich seit 1860 von 490 auf 139 vermindert, wir erzeugen in Ungarn kaum 500.000 Hektoliter Bier und lassen von Oesterreich noch jährlich 120.000 Hektoliter importiren. Das ist der Stand einer Industrie, die wie keine unsere Landwirthschaft zu stützen in der Lage sein könnte.

### Die Mühlenindustrie.

Wir haben bereits früher nachgewiesen, dass wir den grössten Theil unseres Ueberschusses von Weizen und Korn in Form von Mehl exportiren; Ungarn allein besitzt 514 Dampfmühlen, unter ihnen weltbekannte Etablissements (in Budapest werden jährlich 5·5 Millionen Metercentner Früchte vermahlen). Wie wichtig dieser Industriezweig, welcher es gerade in Ungarn zu einer solchen Blüthe gebracht hat, dass er bahnbrechend für ganz Europa und Amerika gewirkt hat, braucht nicht weiter bewiesen zu werden. Jeder ungarische Landwirth wird sich des bedeutenden Preisunterschiedes erinnern, welcher für Weizen zwischen Budapest und Wien bestand, bevor unsere Pester Mühlenindustrie die jetzige Entwicklung angenommen hatte. Wenn wir heute für unseren Weizen im Centrum des Landes bessere Preise als an den Grenzen desselben erhalten, so ist das ausschliesslich das Verdienst unserer Mühlenindustrie. Haben doch die Bäcker-Innungen im Deutschen Reiche in ihren Petitionen wegen Ablehnung des hohen Mehlzolles, der die Mühlenindustrie in ganz ungerechtfertigter Weise begünstige, besonders hervorgehoben, dass zur Herstellung eines guten schmackhaften Weizengebäckes das ungarische Mehl unentbehrlich sei und durch deutsches Mehl nicht ersetzt werden könne.

Obgleich auch unsere feinen Mehlsorten (Nr. 0, 1 und 2) als die besten in der Welt anerkannt sind, so erfolgt dennoch zu Zeiten eines schlechten Geschäftsganges zuerst eine Stockung in diesen Primasorten. Wenn wir den Export gerade dieser feineren Typen, welcher durch den Zoll in Deutschland und Frankreich ohnedies eine starke Verminderung erleiden wird, durch eine Exportprämie befördern würden, so könnten die Mühlen unseren Weizen besser bezahlen, ohne die Preise für dunklere Mehlsorten Nr. 4 bis 8, welche hauptsächlich den Bedarf unserer ärmeren Bevölkerung ausmachen, erhöhen zu müssen.

Die Bestimmung, ob eine für den Export bestimmte Mehlsendung zu jenen Typen gehört, welche eine Exportprämie zu verlangen haben, kann keine grösseren Schwierigkeiten machen, als z. B. die Trennung der verschiedenen Artikel der Textilindustrie nach den bestehenden Zollsätzen. Gibt es doch in Frankreich schon ganz bestimmte Mehlmarken, ohne welche z. B. ein Terminhandel in Mehl gar nicht möglich sein würde. Weit schwieriger ist die Beschaffung der Mittel für die Exportprämie, allein man spricht in letzter Zeit sehr viel von einer Herabsetzung der Grundsteuer. Nun, wir glauben, dass es für unsere Landwirthschaft weit vortheilhafter sein würde, wenn wir die Grundsteuer in ihrer bisherigen Höhe beibehalten, die Regierung aber ermächtigt wird, einen bestimmten Ertrag derselben zu einer Exportprämie für die feinen Mehlsorten zu verwenden. Als Mangel unserer Mühlenindustrie wird auch vielfach hervorgehoben, dass es in Oesterreich-Ungarn nicht wie in Frankreich einen aufnahmsfähigen Zwischenhandel gibt, um die Continuität des Absatzes mit der Erzeugung in Einklang zu bringen und welche in jenem Lande in so hohem Masse zur Solidität des Mühlengeschäftes beigetragen hat. Wir müssen daher die Etablirung eines solchen Zwischenhandels in Budapest anstreben, wenn eine Ausdehnung unseres Exportes erreicht werden soll.

### Das Tabakmonopol.

Dasselbe ist ein „noli me tangere", denn es bringt dem Staate jährlich 15 Millionen, die nicht entbehrt werden können. Von einer Reihe ungünstiger Ernten abgesehen, welche die Tabakcultur in neuester Zeit betroffen, ist es als feststehend angenommen, dass sich ein grosser Theil des ungarischen Bodens sehr gut zum Tabakbau eignet, und dass das Product unter seinen europäischen Concurrenten nur dem türkischen Tabak nachsteht. Und dennoch erzeugen wir jährlich nicht viel mehr als Deutschland mit seinem schlechteren Boden und ungünstigeren klimatischen Verhältnissen, das ist 520.000 bis 660.000 Metercentner.

England, Frankreich, Deutschland und Italien importiren aber jährlich gegen 1 Million Metercentner Tabakblätter; sollte es da nicht möglich sein, einen wesentlichen Theil dieses Bedarfes aus Ungarn zu decken, wenn dessen Tabakbau nicht in Folge der Fesseln des Monopols jeder Verbesserung und Entwicklung unfähig wäre? In Deutschland, das, so lange es Bismarck beliebt, so glücklich ist, kein Monopol zu besitzen, ist der Tabakbau, namentlich in der Rheinpfalz und in Baden, derartig verbessert worden, dass der erzeugte Tabak sich nicht allein zur Cigarrenfabrication im Deutschen Reiche vorzüglich eignet, sondern auch als Deckblatt nach Nordamerika exportirt wird. Die grossartige deutsche Tabakindustrie ist bekannt und während wir in Ungarn nur 10 Staatsfabriken zählen, hat Deutschland 1473 Privatfabriken, welche ihre Fabricate über alle Länder der Erde verbreiten. In Ungarn dagegen muss jeder

Raucher nach Wien fahren, wenn er eine gute Cigarre zu rauchen wünscht.

## Verschiedenes.

Die Klagen über eine zu hohe Besteuerung des Grundbesitzes werden immer allgemeiner, es wird deshalb vielleicht nicht unpassend sein, diese Steuer mit der der übrigen Staatsbürger zu vergleichen.

Ein Grundbesitzer, dessen Katastralreineinkommen z. B. 600 fl. beträgt, hat zu zahlen:

| | | |
|---|---|---|
| Grundsteuer 600 fl. $\times$ $25^1/_2$ Procent = | 153 fl. | — kr. |
| Allgem. Einkommensteuerzuschlag 30 Procent . | 45 „ | 90 „ |
| Comitatsbeitrag 5 Procent | 7 „ | 65 „ |
| Gemeindebeitrag 10 Procent | 15 „ | 30 „ |
| Zusammen . . . | 221 fl. | 85 kr. |

oder 37 Procent.

Ein Industrieller, Kaufmann, Capitalist, Arzt, Advocat, Ingenieur haben bei einem Reineinkommen von 600 fl. an Steuern zu zahlen:

| | | |
|---|---|---|
| Erwerbsteuer III. Cl. 600 fl. à 10 Procent . . | 60 fl. | — kr. |
| Allgem. Einkommensteuerzuschlag 35 Procent . | 21 „ | — „ |
| 5 Proc. Comitats- u. 10 Proc. Gemeindezuschlag | 9 „ | — „ |
| Zusammen . . . | 90 fl. | — kr. |

oder 15 Procent.

Ein fix angestellter Beamter hat nach einem Einkommen von 600 fl. an Steuern zu zahlen:

| | | |
|---|---|---|
| Erwerbsteuer IV. Cl. . . . . . . . . . . | 7 fl. | — kr. |
| Einkommensteuerzuschlag 35 Procent . . . . | 2 „ | 45 „ |
| 5 Proc. Comitats- u. 10 Proc. Gemeindezuschlag | 1 „ | 5 „ |
| Zusammen . . . | 10 fl. | 50 kr. |

oder $1^3/_4$ Procent.

Hierbei ist noch zu berücksichtigen, dass der Grundbesitzer der Gefahr ausgesetzt ist, seine Ernte durch solche Elementarereignisse zu verlieren, nach denen ein Steuernachlass nicht bewilligt wird, z. B. bei Rost, Brand, Mäuseschaden, Grundwasser etc. Andererseits darf aber auch nicht unerwähnt bleiben, dass jeder Grundbesitzer sein Grundstück, sei es durch Kauf oder durch Erbschaft zu einem billigeren Preise übernommen hat als es ohne die Servitut der Steuer gekostet haben würde.

Bei unserem Einnahme-Budget von 242 Millionen beträgt die Grundsteuer sammt Grundentlastungszuschlag 35 Millionen, mithin circa 15 Procent; ohne eine wesentliche Steigerung der übrigen Einnahmen ist daher an eine Verminderung der Grundsteuern wohl kaum ernstlich zu denken. Wir müssen vorläufig zufrieden sein, wenn unsere Regierung sich auf dem von uns angedeuteten Wege ernstlich bemüht, die keineswegs rosige Lage der Grundbesitzer zu verbessern.

Ueber das Grössenminimum des Bauerngutes ist schon viel geschrieben und gesprochen worden, aber gelöst ist die Frage in Ungarn noch nicht. Wir treten ganz entschieden gegen die freie Theilbarkeit des Bauernbesitzes auf, denn wie Roscher sagt, sobald abgesehen von der Nähe grösserer Städte, wo es Nebenverdienste gibt, die Bauerngüter so weit getheilt sind, dass dieselben eine Familie weder ordentlich beschäftigen noch erhalten können, so entsteht eine Verschwendung von Arbeitskraft und Müssiggang zieht in die Familie ein. Weder ist eine ordentliche Fruchtfolge noch zweckmässige Verwendung eines Betriebscapitales möglich. Mit der zunehmenden Vertheilung des Grundbesitzes muss das Pferd mit dem Ochsen, dieser mit der Kuh vertauscht werden, bis auch diese den Ziegen weicht. Als Fleischthier wird nur ein Schwein gehalten werden können, die Pflüge dem Spaten und Hacken, der Wagen den Schiebkarren weichen und der wohlhabende conservative und sittliche Bauer durch die maschinenmässige Arbeit zu Rohheit und Stumpfsinn herabgedrückt werden. Die Zwergwirthe, die von der Hand in den Mund leben, können weder für höhere Bedürfnisse, noch zur Aufrechthaltung des Staates Mittel schaffen, denn: „Kleine Güter zehren sich selbst auf, grosse nähren ihren Mann."

Auch möchten wir nicht unterlassen, eine zwangsweise Versicherung unserer bäuerlichen Grundbesitzer gegen Feuerschaden dringend zu empfehlen, und denken wir uns dieselbe in der Weise ausgeführt, dass jedes Municipium verpflichtet werden soll, für das betreffende Comitat eine Feuerversicherung mit Zwang und auf Gegenseitigkeit zu errichten, so dass jeder Hausbesitzer in's Interesse gezogen wird.

Wir wollen unsere Betrachtungen über zweckmässige Verbesserungen in unserem Wirthschaftsleben nicht auf das politische Gebiet übertragen. Allein das Auge des patriotischen Volkswirthes kann sich dem Uebel nicht verschliessen, welches in der Autonomie der Comitatsverwaltung und der Gemeindewirthschaft und in dem Institute der Wahlbeamten seine vornehmste Quelle hat.

Die erste Bedingung jedes modernen Staatslebens gipfelt in der Forderung, dass alle öffentlichen Aemter, der Justiz, der Administration, der Eisenbahnen etc. von Beamten versehen werden, deren Gewissenhaftigkeit, Fleiss, Pünktlichkeit das gewöhnliche Mass dieser Eigenschaften beim Privatmanne (dem bonus pater familias) überschreitet.

So wie der Begriff der Ehre, der Tapferkeit beim Berufssoldaten durch die Pflege des Corpsgeistes als ein pädagogisches Resultat der Erziehung einer Armee sich darstellt, und sich den gleichen Begriffen der bestcultivirten Civilbevölkerung als ein höher differenzirtes moralisches Element des Standes-Charakters entgegenstellt, so muss der Begriff der Beamten-Ehre in einem höheren Masse von Pflichttreue, Selbstlosigkeit, Hingebung, Unabhängigkeit und Unzugänglichkeit seine segenbringende Gestaltung finden. Dieses Ziel ist aber, wie die Beispiele z. B. Deutschlands zeigen, nur mit einem streng disciplinirten Berufsbeamtenstande erreichbar.

Dass in unserem theuren Vaterlande in dieser Richtung nicht Alles so ist, wie es sein sollte, hat jeder ernste Patriot gewiss mit uns hundertmal gefühlt. Die Aufgaben, welche unserer Staatsverwaltung in jeder Richtung gestellt sind, sind so grosse und schwierige, dass sie die vollkommensten und tüchtigsten Organe zur Inangriffnahme dieser Aufgaben sich heranbilden muss und wir dürfen nicht zögern, diesem Zwecke auch historisch liebgewordene, patriarchalische Reminiscenzen und Institutionen zu opfern.

*Salus reipublicae summa lex.*